ベリーズ文庫

虐げられた芋虫令嬢は女嫌い王太子の溺愛に気づかない

やきいもほくほく

STARTS
スターツ出版株式会社

目次

虐げられた芋虫令嬢は女嫌い王太子の溺愛に気づかない

CHARACTERS
女嫌いの王太子
クロヴィス
エドガーファ王国の第一王子。雷という珍しい属性を持つことから
〝雷帝〟と呼ばれる。華やかな場所が苦手で
表舞台にはめったに顔を出さない。
「絶対に関心を持たないでくれ」と伝えたけれど、
ステファニーへの溺愛欲が高まるばかりで…!?
芋虫令嬢
ステファニー
伯爵令嬢だが、守護妖精が最弱の芋虫だったせいで
家族に虐げられて生きてきた。唯一信頼していた婚約者にも
裏切られて追い出されるも、クロヴィスに拾われ侍女となる。
純粋がゆえに、彼の想いにはかなり鈍感で…!
S級妖精
セドル
クロヴィスの守護妖精。雷属性。
人間の姿になることもできる。
ステファニーが大好き。
C級妖精
リディ
ステファニーの守護妖精。水属性。
濃い青色の芋虫で、最弱と思われていたが
その正体は…?

虐げられた芋虫令嬢は女嫌い王太子の溺愛に気づかない

ステファニーの腹違いの妹

レベッカ

代々火属性の妖精に守護されてきた伯爵家にふさわしく、火属性のA級守護妖精を持つ。ステファニーへの憎しみは増大するばかりで…

ステファニーの元婚約者

ジャスパー

侯爵家の次男。家が決めた婚約者のため仕方なくステファニーに優しくしていたが、彼女を裏切ってレベッカの婚約者となる。

クロヴィスの側近①

ライオネル

公爵家令息で、クロヴィスとは幼馴染。守護妖精は土属性のライオン・ネル。人懐っこい性格で、クロヴィスの恋愛話に興味津々。

クロヴィスの側近②

エドガー

侯爵家令息で、クロヴィスの幼馴染。守護妖精は植物を操ることができる蛇・ガイ。礼儀正しく、ライオネルとは真反対の慎重派。

Keyword

エドガーファ王国

自然豊かなこの国の貴族たちには、魔法という不思議な力と守護妖精が与えられる。

守護妖精

主人のそばで彼らを守っている。人間に姿形が近いほど力が強い。C級～S級とランク分けされており、ほとんどが火・水・風・土の属性に分けられる。

虐げられた芋虫令嬢は
女嫌い王太子の溺愛に気づかない

一章　芋虫令嬢

ここはエドガーファ王国。

自然豊かなこの王国には不思議な恩恵が与えられていた。

それが妖精による力だった。

遥《はる》か昔、妖精は人間たちによって狩り尽くされそうになり、残った妖精たちはある森にたどり着いた。

そこで出会った心優しい青年の名はエドガーファ。

彼はある国の第二王子だった。

祖国を出たエドガーファは新たな国をおこした。

国王になった彼は妖精の森をつくり、彼らを守り続けることを決意する。

妖精たちは恩返しとしてエドガーファに不思議な力を与えた。

妖精の森を守り続ける限り、魔法と守護の力を与えてくれる盟約が結ばれたのだ。

そのおかげでエドガーファ王国は栄えてきた。

それからエドガーファの血を引くこの王国の貴族たちは、魔法という不思議な力と守護妖精が与えられる。基本的に守護妖精は主人のそばにいて彼らを守っていた。

妖精は様々な形をしており、人間に姿形が近い妖精ほど力が強いとされている。

守護している妖精は下からC級、B級、A級、主に人間と姿形が同じ人型妖精のS級とランク分けされていて、力の強さを表している。

属性は特殊なものを除き、火、水、風、土とほとんどは四つに分類されている。

大体は動物の姿をした妖精が大半なのだが……。

＊＊＊

「──ステファニーッ！　ここの掃除がまだ終わっていないじゃないのっ」

朝食後、義母のヒステリックな声が廊下に響き渡っていた。

「お義母《かあ》様、申し訳ありません」

「ちょっと！　わたくしのドレスを今日までに直しといてって言ったわよね⁉」

「……レベッカ様」

「ほんと鈍くさいんだから！　妖精も主人に似るのかしら……なんてったって〝芋虫令嬢〟ですもんねぇ！」

芋虫令嬢、それがステファニーのあだ名だった。

「レベッカ、仕方ないのよ。ステファニーは出来損ないの上にヒーズナグル伯爵家のお荷物なんですもの！」

「たしかにそうよね。ヒーズナグル伯爵家の人間なのに火属性も持ってないし、妖精もC級の上に〝芋虫〟だなんて。笑っちゃうわ」

「それに比べてレベッカは父親と同じ火属性のA級妖精のジルが守護してくれている。あなたはヒーズナグル伯爵家の誇りだわ。ねぇ……あなた？」

ジルは白に赤の縞《しま》模様が際立つキジトラの猫だ。気高い雰囲気をまとい、小さな芋虫とは比べ物にならない。さらにジルは大量の火を吐くことができて、何もかも燃やし尽くしてしまう。

いつの間にかステファニーの背後には、この屋敷の主人でステファニーの実父であるヒーズナグル伯爵が立っていた。中肉中背で立派な髭《ひげ》を生やしている。刺すような目つきと低い声はステファニーの体を強張《こわば》らせる。

ヒーズナグル伯爵の肩の上には火属性のA級妖精で真っ赤なワシのような鳥、バルがいた。羽を広げるとステファニーよりも大きく迫力がある。

バルは馬鹿にするようにステファニーを見ながらピィーと猛禽《もうきん》類特有の鳴き声を上

げた。

ヒーズナグル伯爵は、ステファニーが先ほどからピカピカに磨いている床を煤《すす》だらけの靴で歩いていく。

真っ黒な足跡はステファニーの努力を簡単に踏みにじる。

「ああ、レベッカはヒーズナグル伯爵家の誇りだ。それに比べて水属性などを持って生まれ、掃除しかできない出来損ないの娘など……邪魔でしかない」

ぐちゃりとステファニーの足を踏むヒーズナグル伯爵。ステファニーは痛みから顔を歪《ゆが》めていた。

「痛っ……！」

「仕方ありませんわ！　この子の母親の守護妖精だってC級以下の虫だったもの」

「お父様がかわいそうだわ。ここに置いてもらっているだけでもありがたいと思いなさいよ」

「……はい」

「わたくしたちがパーティーから帰ってくるまでに、すべての仕事を終わらせておきなさい！　いいわね⁉」

「はい、お義母様……」

「終わらなきゃ今度こそ、その芋虫と一緒に追い出してやるからっ！」

「アハハッ、惨めよねぇ」

「…………」

そう言って三人は今日も煌《きら》びやかなパーティーへと出かけていく。

ステファニーは仲良さげに歩いていく三人の後ろ姿を見つめていた。

レベッカはステファニーの母親違いの妹だった。

年はステファニーの一つ下で十七歳だ。

つまりヒーズナググル伯爵はステファニーの母親、アデルと結婚していた間に、義母とも関係を持っていたことになる。

レベッカはワインレッドの長い髪をキツく巻いており、血のような赤い瞳は父親にそっくりだった。少しつり上がった目に高い鼻、引き締まった口元は義母譲りで、美人だが冷たい印象を与える。

愛されていることを象徴するような真っ赤なドレスは、今のステファニーには眩《まぶ》しいくらいだ。

ステファニーは一目で水属性とわかる銀色の髪とサファイアブルーの瞳を持っている。

この家では一人だけ異質だった。

ヒーズナグル伯爵はアデルと結婚した後も、レベッカの母親と頻繁に会っていて関係はずっと続いていたらしい。

そんな中、ステファニーが八歳の時、実母は病でなくなってしまった。するとヒーズナグル伯爵は、すぐにレベッカの母親を後妻として迎え入れた。

レベッカの母親が後妻となってからステファニーの立場はなくなっていく。

ステファニーの味方をする使用人はすべて辞めさせられてしまい、それ以降、貴族の令嬢ではなく使用人扱いされていた。ステファニーは毎日、使用人のように働くようになる。

ヒーズナグル伯爵は周囲に、長女は幼い頃から病弱で療養続きであると明かしている。そのため社交の場に年頃のステファニーの姿がなくても、誰も不思議に思うことはなかった。

ヒーズナグル伯爵家は、代々火属性の妖精に守護されてきた家柄だ。

先代のヒーズナグル伯爵の考えで、異なる属性の令嬢を受け入れようという提案により、水属性の守護妖精を持つステファニーの母親、アデルが嫁いできたそうだ。

水属性の強い妖精に守護されているバルド公爵家に生まれたアデルは、体が弱く療養続きだった。適齢期を超えても、もらい手がいなくて家族も心配していたため、彼女は家族を心配させまいと結婚相手を探していた。

そんなアデルに目をつけたのが先代ヒーズナグル伯爵だ。

バルド公爵家と縁を持てることに喜んだそうだ。その時の彼は、たとえ水属性の嫁を迎え入れたとしても、子孫にはヒーズナグル伯爵家に代々続く強い火属性が顕性遺伝すると信じていたらしい。

当時、ヒーズナグル伯爵は火属性を持つ男爵家出身の義母と恋人関係にあったそうだが、アデルと政略結婚させられてしまう。

ヒーズナグル伯爵とアデルの間にステファニーが生まれたものの、先代ヒーズナグル伯爵はがっかりしたそうだ。ベッドに寝かされたステファニーの枕元に現れたのが、水属性の守護妖精だったからだ。彼は、火属性が生まれてくると信じて疑わなかった。しかもそれが、C級妖精の芋虫ということもあって、彼の落胆は嫌悪に変わったのだった。

ヒーズナグル伯爵家では、ステファニーはアデルと共に肩身の狭い思いをして生きてきた。

ステファニーは心優しいアデルとその守護妖精、スカイが大好きだった。

透き通った水色の蝶はこの世のものとは思えない美しさだ。水属性の妖精は水を綺《き》麗《れい》にしたり、何もないところでも水を出すことができた。力が強いと大量の水を操り、自由自在に操作できるそうだ。守護妖精は守護者が亡くなったり、契約が切れるのと同時に人間の目には映らなくなり妖精の森に帰ってしまうといわれている。

ステファニーの守護妖精のリディは濃い青色の芋虫だったため、アデルの守護妖精や他の令嬢や令息たちの守護妖精をいつも羨《うらや》んでいた。

これはステファニーの過去の記憶。病を患い衰弱してベッドから動けなくなったアデルが、ステファニーに訴えかけるように言った。

『ステファニー、見た目やランクなんかで騙《だま》されてはダメ。周りがなんて言ったとしても、あなたもリディもとても素晴らしいのよ』

『でも、みんながリディとわたしのことを馬鹿にするの』

リディは小指の大きさにも満たない小さな小さな芋虫だ。

ぷにぷにとした柔らかい体に水色と銀色の不思議な模様が刻まれている。

しかし令嬢たちからは『気持ち悪い』と言われて、令息たちからは芋虫令嬢とからかわれて、ステファニーは悔しい思いばかりしていた。

スカイはリディのそばで羽を休めている。

目に涙を浮かべるステファニーの頬をそっと撫《な》でたアデルは眉をひそめた。

そして涙を流しながら細い腕でステファニーを抱きしめ、力強い言葉を発する。

『きっとあなたはわたくしと同じようにつらい思いをするでしょう。でもね、決して諦《あきら》めてはいけないわ』

『どうして？』

『リディを最後まで信じてあげてほしいの』

『リディを……信じる？』

『そうよ。そうすればきっとあなたはリディと幸せになれるわ』

アデルが死ぬ前に言い残した言葉は、今も胸に刻まれている。

その言葉を信じてステファニーは十年間、ヒーズナグル伯爵家でひどい扱いをされながらも耐えてきた。アデルを知る使用人たちは隠れてステファニーに親切にしていてくれたが、それがバレて辞めさせられてしまったのだ。

馬車が出発する音が聞こえた。

ステファニーが表舞台に出なくなって、かれこれ十年経つ。

背後では他の使用人たちがステファニーの様子を怯《おび》えながら見つめている。

ヒーズナグル伯爵やレベッカが怖くて何も言えないのだ。

ステファニーに優しくすれば罰が与えられてしまう。

ステファニーは惨めな自分に悔しくて涙が滲《にじ》んだが、すぐに気分を切り替える。

（考えても無駄よね……どこに行ったって、芋虫令嬢って馬鹿にされるだけだもの！）

煤を払うフリをしてステファニーは涙を袖で拭う。

先ほど父親に踏まれて痛む足を必死に動かしていた。

三人が帰ってくる前に仕事を全部終わらせなければならない。

理不尽な仕事量はステファニーが成長するにつれて、どんどん増えていく。

最近はヒーズナグル伯爵夫人だけでなく、レベッカもステファニーに仕事を強要するようになった。

食事も自分で作って用意しなければならないが、この仕事量では今日も満足に食べられないだろう。

もう限界と言わんばかりに、お腹《なか》がぐるぐると音を立てて訴えかけてくる。

ステファニーは空腹に耐えながら必死で手を動かしていた。

そんなステファニーにも心の支えとなる人物がいた。

それはまだ母親のアデルが生きていた頃に、生家であるバルド公爵家が用意した婚約者ジャスパー・ラトパールだ。

ジャスパーは侯爵家の次男だった。ダークブラウンの少し癖のある髪にオレンジ色の瞳は垂れ目で優しく、火属性の守護妖精を持っている。

アデルは実家の家族にこれ以上心配をかけまいと、肩身の狭い生活をしていることはバルド公爵には言っていなかった。

だが、ステファニーのことを守ろうとして、婚約者の相談をしていたようだ。

次男のジャスパーなら、長子であるステファニーが結婚してヒーズナグル伯爵家を継ぐことができる。

バルド公爵も娘のアデルの願いを叶《かな》えるように動いてくれた。

そのおかげで、アデルは自分が死んでもステファニーのことはバルド公爵家とジャスパーがいるから安心だと考えたようだ。

そのことを知った時、ステファニーは母親の愛に涙が止まらなかった。

母親がいなくなり、ステファニーの心の支えはジャスパーだけだ。

こんな扱いを受けているステファニーを気遣って、食べ物を持ってきてくれたり「大丈夫？」と、心配して声をかけてくれたりする。彼は心優しい青年だ。

どんなに毎日がつらくても、週に一度はステファニーに会いに来てくれるジャスパーに支えられていた。

屋敷中の床磨きをはじめ、各所の掃除やレベッカのドレスなどの繕い物を終えた後、ステファニーはバルの遊び場の暖炉の掃除に取りかかっていた。するとその時、屋敷内が慌ただしくなる。

他の使用人たちの声から三人が帰ってきたのだとすぐにわかった。

（食事や休憩はできなかったけど、なんとか仕事を終わらせることができたわ！）

三人を出迎えなければいけないと、腕についた煤を拭いながらステファニーは廊下を進む。

レベッカやヒーズナグル伯爵夫人は、自分たちとの立場の違いを見せつけようと、帰宅の際はいつも玄関でステファニーに出迎えさせる。

栄養が足りないせいか、休憩せずに働きっぱなしのせいか、フラフラと覚束《おぼつか》ない足取りで玄関に向かう。

しかしステファニーは目眩《めまい》を感じて壁にもたれかかってしまう。

（急がないと怒られてしまうのに……！）

ステファニーがついに立ち上がれなくなると、エプロンのポケットに入っていた守護妖精のリディが心配そうに顔を出す。

「大丈夫よ、リディ……早く綺麗なお水をあげたいけどごめんね。お腹が空いたよね」

リディのご飯は水だった。いつもヒーズナグル伯爵邸の裏にある古い井戸から水を汲《く》んでリディにあげるのだが、今日はその時間すらない。

通常、守護妖精は何かを摂取することはないという。

アデルの守護妖精のスカイも水を飲んでいたことを思い出す。

（リディもいつかスカイみたいな素敵な蝶になるのかしら……）

アデルの話によれば、スカイは初めから蝶の姿を模していたそうだ。

つまりずっと芋虫のリディとは違って、生まれた時からスカイは蝶の形をしていた。

ステファニーが十八歳になってもリディは芋虫のまま。

今のところ、スカイのように自由に水を出すこともできはしない。スカイは喉が渇いた時には綺麗な水を出してくれた。その場をクルリと回るだけで、どこからか水が湧き出てくるのだ。スカイがいた時はリディも活発に動いていた。それは、スカイが出してくれた綺麗な水をよく飲んでいたからかもしれない。井戸水に変わってからは、あまり水も飲まなくなり、元気もない。

それにリディは餌である水を飲むだけで何の力も持っていない。

このままリディは芋虫のままなのかもしれない……そう思っては首を横に振り、ア

最近、ステファニーは火を見ると息苦しさを感じる。

(熱いし……なんだかフラフラする)

歩幅も合わせてくれることなく、ジャスパーに声をかけても返事がないことを不思議に思っていた。

「ジャスパー様、もう少しゆっくり……」

足がもつれそうになりながらもジャスパーに必死についていく。

ジャスパーはステファニーを気遣ったり、振り返ることもない。

「嬉しい報告があって早くステファニーに聞かせたいんだ」

「……そうなのですか？」

ジャスパーの言葉にほんの少しだけ気分が上向きになる。

懸命に荒い呼吸を繰り返しながらついていくと、やっとの思いで玄関に到着する。

(嬉しいことって何かしら。ジャスパー様がこんなに急ぐのは珍しいものね)

しかしステファニーの目の前にはヒーズナグル伯爵と夫人、真っ赤なドレスを着て笑うレベッカの姿があった。

ステファニーが驚いているとジャスパーはステファニーの腕を引いていた手を離して三人の元へ。

「え……？」

ステファニーから声が漏れると、ジャスパーがレベッカの隣に行き、レベッカは当然のようにジャスパーと腕を組む。

信じられない光景にステファニーは動けずにいた。

（どうしてジャスパー様とレベッカが腕を組んでいるの？）

レベッカにはまだ婚約者がいない。

その理由は、レベッカが昔から第二王子、チャーリーの婚約者の座を狙っていたからだ。

エドガーファ王国には二人の王子がいる。

一人は名前が思い出せないが、『雷帝』と呼ばれる第一王子だ。

見る者を虜《とりこ》にするほどの美形だと噂《うわさ》されている。

それほど端正な顔立ちをしているということなのだろうが、それだけではない。

守護妖精はS級の人型妖精で、なおかつ雷というとても珍しい属性を持っている。

第一王子に似た美しい人型妖精だそうだ。

第一王子は華やかな場所が苦手で表舞台には滅多に姿を現さない。十八歳までには婚約者を持つことが常識とされるこの国の王家にあって、彼は二十歳になるにもかかわらず、まだ婚約者もいない。

令嬢たちの憧れの的らしいのだが、アピールの機会すらないとレベッカが嘆いていた。

剣の達人で国内に第一王子にかなう者はいないそうだ。

社交の場にはほとんど顔を出さないが、自らが指揮する騎士団を連れて、王国内で悪さをする犯罪者を取り締まり、国民の声に耳を傾け、守護妖精の力を使って様々な問題を解決して回っている。

貴族でも顔を知らない者がほとんどなのに、その功績や偉大さから国民たちから絶大な人気を誇り、次期国王として名高い王太子だ。

そしてもう一人は土属性と風属性を持つS級守護妖精の恩恵を受ける第二王子、チャーリー・デリテ・エドガーファだ。

彼は物腰柔らかで、兄である第一王子の代わりによく社交の場に顔を出している。

彼も令嬢たちの憧れの的だそうだが、公爵令嬢で土属性の名家、オリヴィア・ヒリスが婚約者だ。

レベッカはずっとチャーリーの婚約者になろうと彼を必死に追いかけていた。

自分はチャーリーと結婚できる特別な存在なのだと決め込んでおり、ヒーズナグル伯爵や夫人に頼み、己を磨いてチャーリーに見染められる機会を虎視眈々《こしたんたん》と狙っていた。

しかし一カ月前、オリヴィアと婚約したことでレベッカは荒れた。花瓶を叩《たた》き割ったり、物を壁に投げつけたりとひどいありさまだった。最近ではレベッカはオリヴィアをチャーリーの婚約者の座から引きずり下ろそうと画策していたはずなのに……。

そんなレベッカがステファニーの婚約者であるジャスパーの隣でなぜ笑っているのか、ステファニーには理解できそうになかった。

「ど、どういうことですか?」

ステファニーの声が玄関のホールに響く。

「僕は今日からレベッカ嬢の婚約者になるんだ」

「え……?」

ステファニーはジャスパーの言葉に目を見開いた。言葉の意味がよく理解できなかった。

(どうしてジャスパー様がレベッカの婚約者に?)

ヒーズナグル伯爵夫人の真っ赤な唇が弧を描いている。

嘘《うそ》だと思いたかった。

ないか。

しかし腕を組んでいる二人は、互いを見つめ合いながら楽しそうに笑っているではないか。

レベッカならまだしも、ジャスパーが笑顔の理由は次の言葉で理解することになる。

「今までずっと我慢していた。僕は父から命じられて君の婚約者で居続けたけど、正直に言って最悪だと思っていたよ」

「……ジャスパー、様？」

「ヒーズナグル伯爵家を継ぐと思っていたから今まで優しくしていたけど、ステファニーは、守護妖精は水属性だし、扱いは使用人だ」

「………っ」

「どう考えたって火属性のレベッカ嬢と僕がヒーズナグル伯爵家を継ぐのに相応《ふさわ》しい。レベッカ嬢がヒーズナグル伯爵家を継ぐという正しい判断をしてくれてよかった。これで君からやっと解放される！」

「ジャスパー様があまりにもかわいそうで見ていられないと、わたくしも前々から思っていたの。ジャスパー様を救えてよかったわ」

「レベッカ嬢は僕の救世主……いや、女神だよ！　それにずっと僕はレベッカ嬢が美しくて素晴らしい令嬢だと思っていたんだ。君の婚約者になれるなら幸せだろうなって」

「まぁ、嬉しいですわ！」

仲睦まじく寄り添う二人を見て、ステファニーは微《かす》かに首を横に振った。

彼の裏の顔を初めて知ったのだが受け入れられそうにない。

「だって、この婚約はお祖父《じい》様が……！」

この婚約にはバルド公爵家も関わっているはずだ。

だからこんなふうに簡単に婚約破棄ができるはずがない……そう思っていたステファニーに衝撃の事実が告げられる。

「バルド公爵には後々、お前自ら体が弱いから妹に婚約者を譲ったと説明することにする」

「……！」

「十年も何もできないお前を伯爵家に置いていてやっただけでも、ありがたいと思え！　なんの役にも立っていない馬鹿なお前にもそれは理解できるだろう？」

ヒーズナグル伯爵が淡々と告げた。

どうやらバルド公爵に黙って婚約を解消するつもりのようだ。

先代のヒーズナグル伯爵は野心家で、爵位を上げるために必死だった。

バルド公爵の後ろ盾を得ようとアデルと結婚させたが先代が亡くなり、今はヒーズナグル伯爵が好き放題している。

バルド公爵にはどうごまかすつもりかは知らないが、レベッカとジャスパーの婚約が結ばれたと知ればどうなるだろう。

ステファニーはバルド公爵家と連絡を取る術《すべ》がないのでわからないが、バルド公爵はきっと悲しむだろう。婚約解消がステファニーの意思だと聞くと、いっそう不憫《ふびん》に感じるかもしれない。

ステファニーはバルド公爵に助けてもらえたらと何度思ったかわからない。

しかし彼女はヒーズナグル伯爵家で何の権限もない。

レベッカも十七になり、ヒーズナグル伯爵夫妻にしてみれば、そろそろ夢見ていた王子との結婚を諦めてもらわなければならないというところか。

ジャスパーはずっとステファニーとの婚約を破棄したいと思っていたのだろう。

そんな気持ちが重なったに違いない。

「――ということだ。お前とジャスパーの婚約は破棄して、我が娘レベッカと結婚させる」

「な、んで……」

レベッカのことを『我が娘』と強調され、ステファニーはヒーズナグル伯爵に『自分の娘ではない』と言われたように感じた。

ステファニーは震える手のひらを握り、胸元に当てた。

ドキドキと心臓は音を立てて、緊張から呼吸が苦しくなる。

「婚約者もいない。守護妖精も最弱だし、もうアンタに価値なんてないんじゃない？」

「……っ！」

レベッカの言葉でステファニーの心は大きく傷つけられてしまう。

「やっとステファニーとの婚約を破棄できる！　今日は最高の日だ」

「本当ね。もっと早くこうしてあげたらよかったわね」

「レベッカには心から感謝しているよ。僕を救い出してくれたんだから」

どうやらレベッカがジャスパーに自分の婚約者にならないかと提案したようだ。

ヒーズナグル伯爵夫人はアデルのことを『泥棒』と、よく言っていた。

それは、元々自分の婚約者であるヒーズナグル伯爵を取ったアデルを恨んでのことだろう。

そしてステファニーもヒーズナグル伯爵家で邪険にされていた。

今までずっと我慢してきた涙がハラハラとあふれ出してくる。力が抜けてしまい、ペタリと床に座り込む。

リディが必死にポケットの中を動き回っているのがわかった。

しかし今、出てきてしまえばリディはもっと馬鹿にされてしまうと思い、手のひらでポケットを押さえた。

やっぱりここには味方はいない、ステファニーは改めてそう思った瞬間にズンと体が重たくなる。

（お母様……わたしは一体どうしたらいい？　いつまで耐えたらこの地獄から抜け出せるの？）

ステファニーが絶望していると、リディがステファニーの指の隙間から抜け出して、ポケットの外に転がり落ちている。それから床を這って移動していく。

ゆっくりと進んでいくリディを見て、ヒーズナグル伯爵はうんざりとした様子だ。

弱い守護妖精を嫌うヒーズナグル伯爵はリディを見るのも嫌なのだろう。ジャスパーも冷たい目でリディに視線を送っていた。

レベッカとヒーズナグル伯爵夫人は馬鹿にするように笑っている。

レベッカの横を通り過ぎていこうとした時に、レベッカがヒールの先でリディを踏み潰そうとしているのが見えた。

ステファニーは反射的にリディを守ろうと手を伸ばす。

ステファニーの左手の甲にレベッカのヒールが突き刺さった。

「……くっ」

「あら、ごめんなさい！　害虫かと思ったら、アンタの守護妖精だったのねぇ」

わざとらしく言うレベッカに憤りを覚えながら、ステファニーは痛む左手の甲を押さえた。

いつもならステファニーを心配してくれるリディだが、今日はなぜか前に進み続けている。

普通、守護妖精は人型のS級以外は話すことができない。

しかし動物や虫の形をしていても守護妖精とは意思疎通をすることができる。今、リディが全身を使って、自分の意思を示してくれているような気がした。

リディは小さな体を動かして必死に玄関に向かっている。

（リディは……外に行きたいの？）

玄関の扉についてもリディは前に進み続けている。

そんな時だった。

手の甲を押さえるステファニーの横で、ヒーズナグル伯爵がリディを指差しながら自分の守護妖精のバルに指示を出している姿が見えた。

赤い羽がバサリと広がるのを見て、ステファニーはバルがリディに危害を加えようとしているのだと思った。

ステファニーは両者の間に体を入り込ませて、リディを手のひらに置き守ろうとする。

しかし勢い余って前のめりになったステファニーの体で玄関の扉が開きそのまま外に出てしまい、玄関前の階段を踏み外した。

「きゃ……っ⁉」

衝撃を覚悟してステファニーは目を閉じた。
五、六段の階段をゴロゴロと転げ落ちていき、体が地面に叩きつけられるようにしてステファニーの体が止まった。
目を開けて握り込んでいた手の中を確認する。なんとかリディを守ることができたようだ。

「リディ、無事？　よかった……」

リディはステファニーを心配するかのように体をくねらせている。

ステファニーがホッと息を吐き出しているのもつかの間、上から声がかかる。

「アハハッ、惨めねぇ！」

「ボロ雑巾みたいだ。やっと婚約を解消できてスッキリだ」

「そのまま出ていけばいいのにね！」

「君はこの家に相応しくないんだよ」

レベッカとジャスパーの言葉にステファニーの目には再び涙が滲む。

すがるようにヒーズナグル伯爵を見るが、彼から発せられるのは信じられない言葉だった。

「そのまま出ていっても構わない。すぐに除籍してやる」

「……っ！」

「まぁ！　いい案だわ。これでここにいるのは火属性だけ。ヒーズナグル伯爵家から邪魔者が消えて、本来の姿に戻るのね」

ステファニーに吐きかけられる言葉は針のように突き刺さる。

腫れた手の甲にポタポタと涙が落ちていく。

そして笑い声と共に無情にも目の前で大きな扉がパタリと閉まってしまう。

「……うっ、ぐす」

ステファニーは声を上げて泣いた。

もう何度も何度もこんなふうに虐げられてきたけれど、アデルの言葉やジャスパーの支えでなんとかこの屋敷で過ごすことができていた。

しかしステファニーを疎んでいたというジャスパーの本心を知らされた挙句、偶然とはいえ屋敷の外に放り出されてしまった。

打擲した全身の痛みに加え、レベッカのヒールに踏まれて痛む左手の甲は真っ赤になって、じくじくと激痛が走る。

今回ばかりは立ち直れそうになかった。

（もう無理、がんばれないよ……お母様、ごめんなさい。リディもごめんね）

あまりにも惨めで、悔しくて悲しくて心が壊れてしまいそうだった。

今までずっと我慢していた涙はあふれ、しばらく止まりそうになかった。

だが、ここでステファニーがくじけてしまえば、誰がリディを守るというのだろうか。

ステファニーは右手の袖で乱暴に涙と鼻水を拭う。

リディを捜すが、手のひらの中にいたはずのリディはどこにもいない。

鳴き声もなく、ステファニーの手のひらよりも小さなリディを見つけるのは簡単ではない。

「どこにいるの⁉　リディ」

名前を呼びながら目を凝らして辺りを見回していた。

すると前方に、必死に這って門の外へ行こうとしているリディが見えた。

生まれてからずっとリディと共にいるが、こんなふうに強い意志で動くリディを見たことがない。

ステファニーは立ち上がる。

もうどこが痛いかわからないが、リディの元へと数歩進んで追いつく。

「リディ、どこに行くの？」

当たり前だが、リディがステファニーの言葉に返事を返すことはない。

しかしリディは門に向かって一直線に進んでいく。

リディが進む先は、外へと続いている。

「外に……行きたいの？」

ステファニーがポツリと呟《つぶや》いた言葉に、リディはこちらを振り返るようにして体を曲げた後、頷《うなず》くようにして縦に体を振った。

リディが外に行こうとステファニーに訴えかけている。

ステファニーは高く聳《そび》える真っ赤な門を見上げた。

八歳まではよく出入りしていた門だが、アデルが亡くなってからは外に行くことはなくなってしまった。

(ここから出ていったら……)

そう考えるとステファニーは恐怖に襲われる。

ここではひどい扱いは受けるけれど、屋根がある場所で眠れるし、飢えて死ぬことはないかもしれない。

でも、ステファニーは自分の棒のようになった腕やカサカサした細い指、ところどころ破れた服を見て思い直す。ダメになるのは時間の問題ではないかと思った。

(リディは……ここから出ようって言ってるのね。きっとわたしのことを心配してくれているんだわ。だからがんばって小さな体で訴えかけている)

ステファニーはリディの気持ちがわかり、目頭に熱いものが込み上げてくる。

今までステファニーがリディを守ってあげなければと思っていた。

しかしリディもステファニーを守ろうとしているのだとわかって嬉しくてたまらなかった。

ステファニーは覚悟を決めて立ち上がる。

エプロンのポケットにはアデルがプレゼントしてくれたステファニーの宝物が入っ

ていた。

水色の蝶の髪飾りはステファニーが唯一持っているアクセサリーだ。他のものはレベッカやヒーズナグル伯爵夫人に壊されたり売られたりしたのだが、この髪飾りだけは隠し続けた。

これを見ているとアデルと守護妖精のスカイを思い出す。

（お母様……わたしはリディを信じて、この家を出るわ！）

その決断を讃《たた》えるかのように、髪飾りがキラリと光った気がした。

ステファニーはリディを抱えると、勢いよくヒーズナグル伯爵家を飛び出した。

そしてわずかに残っていた記憶を頼りに街へと下りていく。

涙が込み上げてきたことで、ステファニーはこれ以上伯爵家のことを考えてはいけないと首を横に振りながら歩きだした。

それからどのくらい時間が経っただろうか。

ヒーズナグル伯爵邸から出た時には太陽が輝いていたのに、空はすっかりと暗くなってしまった。

先ほどからお腹はぐーぐーと鳴り続けて、リディも動きすぎて疲れたのかポケットの中でぐったりとしている。

ステファニーは身一つで外に出てきたため、お金も持っていなければ格好もひどいものだった。

髪は絡まり放題で服は汚れて、顔は煤まみれである。

このままでは野垂れ死ぬのも時間の問題かもしれないと思いつつも、夕暮れの街を歩いていた。すると一枚の紙が風で飛んできてステファニーの顔面に張りついた。

「うぶっ……！」

わたわたと腕を動かしながらその紙を取る。

そこには『住み込みの使用人募集中』の文字。

しかも文字もガタガタで子どもの落書きのように見えた。

（住み込みの使用人をこんな街中で募集しているなんて……怪しいわ）

貴族の使用人は平民の場合もあるが、代々その家に仕えている者や下位貴族の三男などで行き場のない者が大半だ。中には行儀見習いで侍女としてやって来る令嬢たちもいる。

いずれにしても、手癖が悪い者や詐欺師に引っかからないように、人の紹介で身元がはっきりしている者を雇うのだ。

それなのに貴族たちが絶対にいないだろう街中で、なおかつビラでの募集はありえないだろう。

紙に目をすべらせていくと破格の賃金が書いてあり、ステファニーは目玉が飛び出そうになった。

（ひ、一月《ひとつき》でこんなにもらえるなんて絶対におかしいわ！）

ありえない高額料金に加えて、必須条件が女性であること。

雇い主に必要以上の興味や関心を持たないこと、破った場合は即解雇すると書かれている。

伯爵家からあまり出たことのないステファニーでも、この条件がおかしいとわかる。

しかしステファニーは、このビラの信憑性《しんぴょうせい》を確認する価値はあると考え、誰が配っているかを確かめようと周囲を見回した。

真っ黒なローブをかぶった、いかにも怪しげな青年が楽しそうにビラをばらまいている。

街の人たちはそのビラを見て、破格の条件に食いつくものの、それを配っている青年と条件を見てそのまま捨てていく。

明らかに怪しい求人に飛びつく者はいない。

空腹や怪我《けが》の痛みで思考が回らないステファニーは、もう後に戻れないことから『コレしかない』と思った。

このまま野垂れ死ぬよりは、たとえ危険でも行くしかない、と。

「あのっ！　使用人はまだ募集していますか⁉」

真っ黒なローブをかぶっている青年がこちらを振り向いた。近づいてみると彼はステファニーよりも少し背が高い程度で威圧感はない。

「わたし、住み込みの使用人に――」

まだステファニーがしゃべっている途中にもかかわらず、ローブの青年は上から下までステファニーを見ると、唯一ローブの隙間から見えている口元がニタリと弧を描いた。

コクコクと頷きながら、ステファニーの右手を取ると裏路地へと引いていく。

ステファニーがハッとして早まってしまったかもと思って、手を振りほどこうとしても離れることはない。

「あ、あの！　ちょっと待ってくださいっ！」

そう言っても青年の足は止まることはなかった。

ぐんぐんと裏路地を進んでいき、半ば引きずられるようにして移動していた。

（これはもしかして人さらいでは⁉　このまま売られてしまうの⁉）

ステファニーは泣きそうになりながらも足を動かしていた。

青年は疲れないのかすごい速さで移動しており、青年が足を止める頃にはステファニーの息も絶え絶えになり、喉がヒューヒューと鳴っていた。

酸欠でぐにゃりと歪む視界には街中にしては豪華な屋敷が映る。

（ここは……？）

黒いローブをかぶった青年が誰かを呼ぶように叫んでいると、屋敷の中から金色の髪の青年が険しい顔をして飛び出してくる。

青年が黒いローブを取ると眩しいくらいの黄金色の髪が見えた。

先ほど配っていたビラを見せながら、ステファニーを指差している。

「――セドル。……どこに行っていたかと思えば」

『住み込みの使用人が欲しいって言っていたでしょう？　だからボクが探してきたんだ』

「勝手なことをするんじゃない」

『この子は住み込みで働けるし、条件を守ってくれるんだって。それにこのくらいの金額は出すからって言っていたじゃないか！』

「だからって身元もわからない女性をこのように無理やり連れてくるなど」

『だってこのままだと屋敷がどんどん汚くなるし、クロヴィスだって体調を崩しちゃうよ！ ボクはクロヴィスが心配なんだ』

「……セドル」

（クロヴィス、セドル……どこかで聞いたことあるような）

しかし空腹のうえ酸欠のせいで、ステファニーは彼らが何を言っているのか考えることができなかった。

そして金髪の青年はステファニーの元に歩いてくる。

「……うちのセドルが勝手なことをしてすまない。随分とボロボロだがセドルのせいだろうか？」

『違うよ！ ボクは怪我させてない。この子は元々こうだったよ。それに……なんだか不思議な感じがするんだ』

「不思議な感じだと？」

やっと息が整い始めたステファニーは言葉を発しようと必死だった。

（息がっ、まだくるしい……！ でも挨拶しなくちゃ）

この屋敷の主人であるクロヴィスに挨拶をして、ここに置いてもらうようにお願いしなければと思いステファニーが口を開こうとした時、ガクガクと震える足から力が抜けていくのを感じた。

もう自分がとっくに限界を超えているのだと気づいた時には、視界が真っ暗になっていた。

「おい、しっかりしろ……！」

「………」

「大丈夫か!?」

ステファニーはそのまま意識を失った。

『ステファニー、見た目やランクなんかで騙されてはダメ。周りがなんて言ったとしても、あなたもリディもとても素晴らしいのよ』

──お母、様？

『きっとあなたはわたくしと同じようにつらい思いをするでしょう。でもね、決して諦めてはいけないわ』

──つらいよ……もうこんな思いをするのは嫌なの。

『リディを最後まで信じてあげてほしいの』

──リディを信じているわ。でももう……。

『心配はいらないわ。リディもあなたを信じている』

ステファニーの目からは涙が伝う。

（これは、夢……？）

久しぶりにアデルの夢を見た気がした。

何度か瞬《まばた》きを繰り返した後に辺りを見回すと、カーテンから漏れる太陽の光。

ステファニーはいつも太陽が昇る前から働き始めていた。

ということは完全に寝過ごしたことになる。

それにリディの水をあげるのも皆が眠っているこの時間だ。

昨日も水をあげていないことを思い出して、ステファニーは慌ててリディを捜す。

ポケットで眠っているリディを見てホッとして、ベッドから足を下ろした時だった。

「いたたっ……」

いつになく体が軋《きし》むような感覚がある。左手を押さえながらステファニーは階段から転げ落ちたことを思い出していた。けれど、今はそれどころではない。

（いけないっ！　このままだとまた叱られちゃうわ）

乱暴に髪を整えたステファニーは扉に向かって走っていく。

――バンッ
しかし扉が開いたと同時にステファニーは吹っ飛ばされてしまう。

「……ブッ⁉」

ステファニーがぶつかった鼻を押さえて悶絶《もんぜつ》していると、逞《たくま》しい腕が目の前に差し出される。

「すまない。……大丈夫か？」

ステファニーは怒られてしまうと思い、鼻を押さえながらすぐに頭を下げた。

「申し訳ございません！　すぐに働きますので、その前に水を一杯だけいただいてもよろしいでしょうか」

「……水？　水ならば持ってきたが」

いつもと違う声に恐る恐る顔を上げると、そこには金色の髪に美しい顔をした青年の姿。

その後ろからは黄金色の髪の青年が満面の笑みを浮かべながら顔を出す。

その瞬間、走馬灯のように昨日の出来事を思い出す。

「……わたしは、どうして？」

「あの後、一日中眠っていたんだ。とりあえず食事を持ってきた。どんなに声をかけても反応しないから医師を呼んだら栄養失調だそうだ」

「え……？」

どうやらステファニーは丸々一日、眠り続けたらしい。

お腹がギュルギュルと鳴り、空腹を訴えてひどいことになっている。

そういえば、ここに来る前には空腹でたまらなかったことを思い出す。

「ご、ご迷惑をおかけして申し訳ありません！」

「いや、構わない。何があったかは知らないが、ひどい状態だったからな」

「……っ、すみません」

「しっかり食べた方がいい。それからその食事を終えたら聞きたいことがある」

クロヴィスは険しい表情でこちらを見ている。

ステファニーは申し訳なく思い、もう一度「ごめんなさい」と呟いた後に、食事がのったトレーを受け取った。

そこには丸いパンが二つとヨーグルトやリンゴに水が置かれていた。

「あ、あの……」

「なんだ？」

「これ、わたしが全部食べていいんですか？」

「……何を、言っているんだ？」

驚いたように目を見開くクロヴィスにステファニーは肩を揺らす。

（やっぱりここはパンだけいただきますと言うべきだったわ。わたしったらなんて図々《ずうずう》しいことを言ってしまったのかしら）

心の中で反省しつつもステファニーはサイドテーブルにトレーを置いて、パンを一つ手に取る。

「ではパンを一ついただきます」

「は……？」

「あっ……じゃあ半分だけ」

ステファニーは名残惜しさを感じながらも、半分にパンをちぎる。クロヴィスに食べてもいいか確認するように視線を送ると、口をあんぐりと開けてこちらを睨《にら》みつけているではないか。

ステファニーは、ちぎったパンをもう半分にする。

四分の一になったパンを手に持ちながら、もう一度クロヴィスを見た。

険しい表情の彼に、もしかしたらパンはダメなのかもしれないとステファニーは肩を落とす。トレーに戻そうとするが、クロヴィスがステファニーの手首を掴《つか》んで止める。

「やっぱり、パンは食べてはいけませんか？」

「………なっ⁉」

「もう二日も食事をしていないので、できれば腹持ちのいいパンをいただきたかったのですが」

しゅんとするステファニーとは違い、クロヴィスは目を見開きながらワナワナと震えている。

クロヴィスに何なら食べていいか聞こうと口を開こうとした時だった。

「全部食べていいに決まっているだろう」

「え……？」

「一体、今までどんな生活をしていたんだ？　セドル、パンが余っていたら持ってきてくれ。あと水もだ」

『はーい』

「い、いいんですか⁉」

「構わない」

そう言われてステファニーは目を輝かせた。

そして「いただきます」と手を合わせて先ほどちぎったパンを口に運ぶ。

じんわりと口内に広まる甘さが体全体に染み渡る。

自然とポロポロと涙が流れてしまい、鼻をすすりながらパンを口にしていた。

「大丈夫か？」

そう問われてステファニーはパンを急いで咀嚼《そしゃく》した後に乱暴に涙を拭う。

そしてクロヴィスの問いに答えるために口を開いた。

「はいっ、お腹が喜んでいます！」

「そうか……よかったな」

クロヴィスが微笑んだように見えた。

怒っているかと思いきや、食事を全部食べてもいいと言ってくれたり、クロヴィスはとても優しい人のようだ。

ステファニーはクロヴィスの言葉に甘えて、次々と食べ物を口の中に放り込んでいく。

あまりの幸せと美味《おい》しさに涙と鼻水が止まらない。

「おいひぃ……っ！」

そんな様子を見てクロヴィスは何かを考え込む素振りを見せた。

セドルがおかわりのパンと水をたっぷりと持ってきてくれた。

ステファニーはすべての皿をピカピカにして久しぶりに満腹になったお腹をさする。

その様子を見ていたクロヴィスと楽しそうにニヤニヤしているセドルに気づいてステファニーは頭を下げた。

「ごちそうさまでした！　このご恩は一生忘れません」

「……大袈裟《おおげさ》な」

クロヴィスにお礼を言った後に、あることを思い出す。

ここで働かなければ生き残る術はない。

ステファニーにもう帰る場所はないのだから。

「クロヴィス様、わたし一生懸命働きますので、どうかここに置いてくださいませんか⁉」

「……！」

ステファニーはクロヴィスの手を握り、訴えかけるように言った。

「セドル様が言っていた条件は守ります！　雇い主というのはクロヴィス様のことですよね⁉」

「……そうだ」

「ぜひとも住み込みで働かせてください！　わたしは絶対にクロヴィス様に関心を持ったりしませんからっ！」

「…………」

セドルはステファニーの言葉に思いきり噴き出している。

『ねぇ、クロヴィス。雇ってもいいんじゃない？　いい子そうだし、どうせこのまま放ってはおけないんでしょう？』

「それはそうだが……」

『今まではどんな女性もクロヴィスを見るなり目がハートになって仕事どころじゃなかったじゃないか。こんなに自信満々で関心を持たないって言う子はなかなかいないよ？　絶対に大丈夫だよ』

セドルの言葉にクロヴィスは苦虫を噛《か》み潰したような表情でこちらを見ている。

クロヴィスとセドルが何を言っているのかはわからないが、今はそんなことより、とにかく雇ってもらわなければステファニーに明日はない。

しかし、なかなかクロヴィスは頷いてはくれない。

ステファニーはグッとスカートの裾を握った。

「この恩を返したくても手持ちは何もないんです。お金も持っていなくて……！　だから賃金は紙に書いてあった金額の半分、そのまた半分でも構いませんっ！」

「……！」

「もう帰る場所はないんです。どうかお願いしますっ」

ステファニーは深く深く腰を折る。

部屋には沈黙が流れた。

クロヴィスのため息が聞こえて、ステファニーは肩を揺らす。

初対面で泊めてもらい、食事までごちそうになり、雇ってもらおうとするなど図々しいと百も承知だ。

「……わかった」

クロヴィスの言葉にステファニーは勢いよく頭を上げた。

「ありがとうございますっ！　クロヴィス様のために一生懸命働きますから」

ステファニーが喜んでいるとクロヴィスは「だが、その前に条件がある」と言った。

その条件によっては働けないかもしれない。そう思ったステファニーのテンションは下がってしまう。

「な、なんでしょうか」

「まずは体調を整えることだ。この国で栄養失調の者がいるなど許されることではない」

「…………へ？」

「後は体を綺麗にして身なりを整えろ。服は用意する。それから……」

「待ってくださいっ！　わたしは使用人として働くのですよね？」

ステファニーはクロヴィスに確認するように問いかける。

「そうだ」

「そんなに手厚いことをしていただかなくても」

「大したことではない」

「……そう、なのですか？」

たとえこの状況を勘違いしているとしても、これまでステファニーは母親以外の人からこのように親切にしてもらったことはない。クロヴィスは無愛想なのに、優しかった頃のジャスパーよりもずっと親切に感じられた。

他の使用人はわからないが、ここまでハッキリと言いきられてしまうとそうではないかと思えてくる。

（あの破格の賃金といい……クロヴィス様のことがわからないわ）

ステファニーは自らの経験を思い返しつつ、首をひねりながら考えていた。

「賃金は紙に書いてある通り出そう。住み込みで働いてもらうが、君の名前は？」

クロヴィスに言われて、ステファニーはまだ自分が自己紹介をしていないことに気づいて、慌てて口を開いた。

「あ、申し遅れました。わたしはステファニー……です」

「ステファニーか」

ヒーズナグルと家名を言ってしまいそうになり、なんとか抑えることができた。

（これからはただのステファニーになるんだから。間違えないようにしないと）

ヒーズナグル伯爵はあのままステファニーを除籍するに違いない。

出ていったとしても心配なんかするはずもない。

むしろ邪魔者が自分から消えたことを喜んでいることだろう。

（これからは平民として生きていこう。貴族社会にいなければリディも馬鹿にされることはないから……）

ステファニーが今までの心ない声を思い出して俯《うつむ》いていると……。

「……と、いうことだ。一応、教えといた方がいいと思ってな」

「……」

「ステファニー、聞いているのか？」

「は、はいっ！　もちろんです」

ステファニーはクロヴィスが何をしゃべっていたかまったく聞いていなかったが、話を聞いているフリをして大きく頷いた。

話を聞いていないことがバレてしまうと、信頼されないと思ったからだ。

何か大切なことを聞き逃したような気がしていたが、ステファニーは次こそはクロヴィスの話をしっかり聞くぞと、気合いを入れ直して視線を向ける。

しかし蜂蜜色の瞳がスッとステファニーから逸《そ》れる。

ステファニーが見つめすぎてしまったのだろうか。反省しつつクロヴィスに椅子に座るように促されて腰をかける。

ステファニーの前にクロヴィスも座った。

こうして改めて見ると、クロヴィスはとても端正な顔立ちをしていることがわかる。

滲み出る色気と、低い声と甘いマスクはどんな令嬢でもメロメロになってしまいそうだ。

（クロヴィス様は女性にモテそうだわ）

ステファニーの予想は大当たり。

セドルによると、どうやら新しい使用人がずっと決まらない理由は、皆がクロヴィスに惚《ほ》れてしまうことも原因のようだ。

三カ月前までは長年勤めていた女性がいたが、高齢のためついに引退。その後、年配の女性を探すもすでに職に就いている者も多く、やっと一人見つけたが体力的な問題で長くは続かなかった。人伝《ひとづて》に紹介されてやって来る若い女性はいるけれど、皆すぐにクロヴィスに興味を持ったり好意を抱いてしまったり、正式な採用に至ることはなかった。

それならばと、男性の使用人に頼んでみたが、掃除や洗濯などの家事も雑な上に遅く、結果、女性の方が適任と感じたのだとクロヴィスは語った。

「ステファニーの仕事は掃除や洗濯が主になる」

「わかりました！　任せてください」

掃除と洗濯をすることで、あれだけ高額の賃金がもらえるとは驚きである。

するとセドルはいつの間にかステファニーの横からひょっこりと顔を出す。

突然現れたセドルに驚いて肩を揺らした。

出会った時からセドルには不思議な雰囲気を感じていた。

（セドル様はなんだかリディと似たような感じがするけど……そんなわけないわよね）

黄金色の髪とクリーム色の瞳は神々《こうごう》しさすら感じる。

しかしセドルは人間で、リディは芋虫だ。

どことなくリディと似た空気を感じるものの、セドルは普通の青年だと言い聞かせていた。

セドルはステファニーが考えている間にクロヴィスのところに移動していた。

(なんだかすごい……本当に不思議だわ)

セドルは楽しげに笑いながらクロヴィスに「あのことは言わなくていいの?」と言っている。

クロヴィスはビラを見つめながら気まずそうに口を開く。

「さっきも話した通り、必要以上に関心を寄せないようにしてくれ」

「はい、大丈夫です」

「それと、ステファニーは関係ないと思うが後は貴族の令嬢でなければいい」

「……っ!」

クロヴィスの貴族という発言にステファニーは動揺から胸を押さえた。

(元貴族の場合は大丈夫よね。で、でも今は除籍されているはずだし……でもこのことはバレない方がよさそうね)

こんなにも親切にしてくれるクロヴィスとセドルに嘘をつくのは心苦しい。

だが守護妖精であるリディを見られてしまえば、ステファニーが元貴族だとバレてしまう。

守護妖精はエドガーファの子孫、つまり血族にしか受け継がれていない。

ゆえに、力の大小はあれど貴族に生まれたら必ず守護妖精を持って生まれてくるのだ。

守護妖精がいるとわかればステファニーが嘘をついていることが発覚してしまう。

（ここで働くためにリディの存在は隠しておかないと！）

幸いステファニーの格好や守護妖精が姿を現さないことから、絶対にステファニーが貴族ではないと決めつけているようだ。

クロヴィスも身なりからして貴族に見えるが、彼のそばに守護妖精の姿がないことを不思議に思っていた。

（クロヴィス様の守護妖精はどこにいるのかしら？）

先ほどからその姿が見えないことが気になっていた。

セドルは興味深そうにステファニーを見ている。

クロヴィスは真面目でセドルは笑顔が素敵な青年だ。

真逆の性格の二人だが、互いを信頼して仲がいいことがわかる。

先ほどから何度も言われている〝クロヴィスに関心を寄せない〟というのは、業務を滞りなく進めるようにするための条件なのだろう。

「ステファニー？」

「はい、すべて大丈夫です！」

「……そうか」

クロヴィスはホッとしたように頷いた。

セドルもクロヴィスに『よかったね』と声をかける。

どうやら侍女が決まらずにとても困っていたようだ。

一見するとこの部屋も綺麗には見えるが、窓や床には薄っすらと埃《ほこり》がのっている。

隣の部屋には洗濯物がてんこ盛りになっていると聞いた。

それからここにはクロヴィス以外にも何人かの騎士も出入りすると説明を受けた。

（騎士を率いているなんて、身分が高い方なのかしら）

「今日からがんばりますっ！」

「ダメだ」

「えっ……どうしてですか？」

「まずは体調を整えてからだ。しっかり食べて寝てくれ」

「で、ですが……」

クロヴィスの蜂蜜色の瞳が鋭くこちらを睨みつけていることに気づいて、大きく肩を揺らした。

ステファニーが体調を整えなければ働くのを許可してくれないらしい。

セドルはそんなやり取りを見ながらケラケラと笑っている。クロヴィスはセドルに何かを頼んでいるようだ。セドルは『了解！』と、元気よく言うと去っていった。

その後、クロヴィスはステファニーに色々と質問をして、彼女が答えるたびに驚いていた。

「この王国でそこまでひどい労働環境があるとは信じられない。今すぐ改善に動かなければ……」

「……えっと」

血走った目でそう言ったクロヴィスは、ステファニーに今までどんな暮らしをしていたのか根掘り葉掘り聞いてくる。

しかしそれを話したら、ステファニーがヒーズナグル伯爵家出身だとバレてしまうことになる。

ステファニーはクロヴィスの質問攻めをそれとなくかわしていた。

なぜ、クロヴィスがこんなにも労働環境や街の治安の良し悪しを気にしているのか、ステファニーにはわからない。

そもそもヒーズナグル伯爵邸にずっといたステファニーは外のことはあまり知らない。

ごまかすためにも外の世界を知らないことにしようとしたのだが……。

「わたしはずっと門から外に出ずに屋敷で働いていたので……追い出されてしまいましたが」

クロヴィスはこれでもかと大きく目を開いた後に、ステファニーに詰め寄ってくる。

「そんな扱いは奴隷ではないか。信じられない」

「あっ、はい……そうかもしれません」

ヒーズナグル伯爵家でステファニーは奴隷のように扱われていた。

そのことを思い出して気分が重く沈んでしまう。

「今すぐに罰しなければ……ステファニー、主人の名前を言えるか？」

「……っ！」

「ステファニー？」

ステファニーは口を閉じてから首を横に振る。

ヒーズナグル伯爵家のことを言えば、折角見つけた新しい働き口を失うことになる。

ステファニーはヒーズナグル伯爵家が罰せられてほしいという思いよりも、あの人たちから離れてリディを守りながらひっそりと生きていけたらいいという思いの方が強かった。

「ごめん、なさい……言えません」

いい言い訳が思い浮かばずにステファニーは顔を伏せる。

するとクロヴィスはハッとした後に気まずそうに視線を逸らす。

「嫌なことを思い出させてすまない。無理やり聞くべきことではなかった」

「い、いえ！　言えないわたしが悪いので」

そう言ってヘラリと笑ったステファニーを見てクロヴィスは頷いた。

「ここではそんなつらい思いをすることはないだろう。約束する」

「クロヴィス、様……？」

クロヴィスの優しい言葉が、ステファニーの心を温めていく。

「とりあえずは体を綺麗にした方がいい。案内しよう。新しい服は今、セドルに買いに行かせている。もうすぐ戻ってくるはずだ」

「まさかっ、そんなことまでしていただいて申し訳ないです……わたしなんかにっ」

次第に小さくなる声。ステファニーは膝の上でギュッと拳を握る。

働く前にクロヴィスへの恩ばかりが積み上がっていく。

しかしクロヴィスは首をかしげながら答えた。

「困っている人に手を差し伸べるのは当たり前のことだ。今までがおかしかったんだ」

「え……？」

「これからは申し訳ありませんは、なしだ。困ったことがあったら遠慮せずに言ってくれ」

「なんとお礼を言っていいのか……本当にありがとうございます」

ステファニーがそう言うと、クロヴィスは初めてステファニーに優しい笑みを浮かべながら頷いた。

（クロヴィス様はこんなふうに笑うのね……）

ステファニーの心臓はドキリと音を立てた。

そんなタイミングで、セドルの元気のいい声と共にステファニーの新しい服が一式届く。

大きな袋には着替えが数着入っていた。

クロヴィスはステファニーを雇わないにしても、こうして手厚く接してくれるんだろうと想像でき、そのことが嬉しかった。

「ゆっくり休んでくれ」

『またね、ステファニー』

二人はそう言って部屋から去っていく。

ステファニーは案内された場所で、煤で真っ黒になっていたボロボロの服を脱いでいく。

もちろんポケットの中にいるリディを出すことを忘れない。

そこでリディにたっぷりの水を与えられることができたステファニーは安心していた。

リディは二日分の水をゴクゴクと勢いよく飲んでいる。

ヒーズナグル伯爵邸でもそうだが、守護妖精が何かを食べたりしているのを見たことがない。

なのにリディやスカイは水を欲して、飲んでいることが不思議だった。

(リディは他の守護妖精と何か違うのかしら)

ステファニーは体を綺麗にして髪を洗った後に新しい服に身を包んだ。

さっぱりとした肌には真新しい香油などが用意されていた。

なぜクロヴィスの屋敷に女性物の高級品が置かれているのか気になったが、もらい物だと察した。クロヴィスは感謝からプレゼントされることが多いらしく、プレゼントが積み上がっている部屋もあるそうだ。

（やっぱりクロヴィス様はすごい方なのね……）

改めてクロヴィスが何者なのかを考えつつ、ステファニーは部屋へと戻る。

ステファニーの手のひらの上で活発に動き回るリディを見て、ステファニーはホッと息を吐き出した。

「……リディが元気になって本当によかった」

クロヴィスの優しさに感謝し、彼のために一生懸命働こうと心に誓ったのだった。

――それから一週間。

クロヴィスはステファニーの体調がよくなるまで、絶対に働かせてはくれなかった。

自室を綺麗にした後に少しでも役に立ちたくて、何かを手伝おうとして部屋から出ると、ベッドに戻されてしまう。

セドルを見張りとして置くくらい厳重で、ゲーム感覚なのかステファニーが何かしようとすると、すぐにクロヴィスに報告しに行ってしまう。

何より、お腹いっぱいになるまでご飯を食べさせてくれたことがステファニーにとってはありがたかった。

「そんなに痩せ細っていたら働けない」

クロヴィスはそう言って一日三食、山のような料理を運んでくる。

（し、幸せすぎてどうしよう……これは夢かしら）

ステファニーはそのたびに頬をつねってここが現実なのかを確かめていた。

しかしその行動を見たクロヴィスに自分を罰しているのではないかと思われてしまい、心配されてしまう。

一見すると冷たく見えるクロヴィスだが、心配性で過保護だ。

ステファニーが明日から働くという時に、ある年配の女性をステファニーのために呼んでくれた。

「ミーシャ、休みなのにすまない」

「いーえ！　私は坊ちゃんをずっとずっと心配しておりましたから。何かあったら相談してくださいとあれほど……！」

「わかった、わかったから坊ちゃんはやめてくれ」

その女性はミーシャと言って、クロヴィスを子どもの頃から知る人物だそうだ。

ミーシャはクロヴィスを「坊ちゃん」と呼んでいて、クロヴィスはミーシャの言葉に何度も頷いている。

「新しくこの屋敷で働くことになったステファニーだ」

「まぁ……！　新しい侍女を雇うのですか⁉」

ミーシャはステファニーを見ながら心底、驚いているように見えた。

ステファニーは「一生懸命、がんばります！」と言ってミーシャにやる気があることをアピールする。

それからクロヴィスと別部屋で何かを話した後、涙を目にいっぱいためたミーシャに思いきり抱きしめられた。ステファニーはあまりの苦しさにミーシャの腕を叩く。

「ごめんなさいね……もうつらいことはないわ」

「……はい」

「さぁ、仕事を始めましょうか」

そう言ったミーシャはクロヴィスに小言を言いながらも、流れるような手さばきで屋敷を綺麗にしていき、ステファニーの伸びっぱなしの髪を切って身なりを整えていく。

これから雇われて働くはずのステファニーが世話をされるという、訳のわからない展開である。

ミーシャは足りないものを買い揃《そろ》えてくれたり、この屋敷に何があるのか場所を案内してくれた。

ヒーズナグル伯爵邸よりも狭い屋敷ならば、侍女がステファニーひとりでもすべてをカバーできそうだ。

ステファニーはミーシャの話を聞きながら一生懸命、覚えていた。

新しい侍女が決まって安心したことや、クロヴィスから話を聞いたのかステファニーを心配してくれた。

「坊ちゃんはとても素晴らしい方だけど、冷たく見えて誤解されやすいの」

クロヴィスが優しくて素晴らしい人だということは、一週間でよくわかっていた。

ミーシャはクロヴィスが女性関係で苦労してきたことも話してくれた。

ステファニーはその話を聞いて、そんな大変な思いをしたのに自分を雇ってくれたクロヴィスに感謝しっぱなしだ。

少しでも恩を返したい……その気持ちのまま口を開く。

「クロヴィス様はわたしの恩人です。この恩を返すために明日からがんばって働きます」

「ウフフ、ステファニーは本当にかわいいわ。髪を整え終わったから鏡で確認してみてちょうだい」

「わぁ……素敵！」

ミーシャはあっという間にステファニーの髪を整えてくれた。

前髪は真っ直ぐに切り揃えて、絡まり放題だった銀色の髪は艶がありサラサラとしている。

アデルが生きていた十年前に戻ったようだ。

この銀色の髪はアデル譲りだったこと思い出すことができた。

「ミーシャさん、ありがとうございます！」

「いいえ、困ったことがあったらなんでも相談してちょうだいね」

「はい！」

「ステファニーのためなら城から飛んでくるわ」

ステファニーはお礼を言って頷いた。同時に、ミーシャが普段城で働いているのだと知り、段取りのいい仕事ぶりにも納得する。そんな彼女がついていると思うと、頼もしいと思った。

ミーシャはステファニーを気に入ってくれたのかとてもかわいがってくれる。

ステファニーもミーシャと仲良くなれて嬉しいと思っていた。

次の日からステファニーは気合い十分で、屋敷を綺麗にするために朝早くから起きていた。

一週間、自室以外の掃除を許されなかったステファニーは薄っすらとたまる埃や散らばる洗濯物を見て、ウズウズしていた。

リディをポケットに入れて、鏡を見ながら長い髪をまとめる。

まだ日が昇る前だがバケツに水を汲んで、雑巾を手に取る。

いつもの日課だった床掃除やゴミ捨て、窓を磨いて階段も隅々まで綺麗にしていく。

真っ黒になった水を何度も変えながら、額に浮かぶ汗が滲む。

「よしっ……！」

一通り、掃除が終わるとたまった洗濯物に取りかかる。

昨日、ミーシャが最低限の洗濯物を洗ってくれたのだが、まだまだ部屋には大量の洗濯物やシーツが積み上がっていた。

一つ一つ丁寧に洗っていき、物干しに干せる分だけ干していく。

これもヒーズナグル伯爵家では当然のようにやってきたことだが、なんだかいつもより動けるし体も軽い。

それは一週間、休ませてもらい、お腹いっぱいご飯を食べられたからだろう。

やる気が次々と湧いてくる気がした。

朝食を作っている料理人に挨拶をして、ワゴンで紅茶を運ぼうとすると、こちらに近づいてくる足音が聞こえる。

「……君は一体、何をしているんだ？」

ステファニーは大きな声に驚いて肩を揺らした。

そこには、髪をかき上げながらこちらに歩いてくるクロヴィスの姿があった。

眉がつり上がっているクロヴィスの表情を見て、反射的に怒られると思い、ステファニーは頭を下げた。

「も、申し訳ございませんっ！　すぐに紅茶を用意しますので」

ステファニーはヒーズナグル伯爵夫人とレベッカに『遅い』『役立たず』『こんな簡単なことがなんで時間通りにできないのよ』といつも怒られていた。

直そうと努力していたけれど、暴言はひどくなるばかりだった。

（このままだとクロヴィス様にも呆《あき》れられてしまう……！）

しかしクロヴィスから返ってきたのは予想外の言葉だった。

「こんなに朝早くから何をしていると聞いているんだ」

「……え？　仕事ですが」

「セドルに聞けば、まだ日が昇る前から働いているそうじゃないか」

「はい、そうですけど」

ステファニーはセドルと顔を合わせていない。

随分と早起きなセドルに驚きつつも、クロヴィスに結局何を怒られているのかがわからずキョトンとしていた。

「あの……クロヴィス様？」

「明らかに働きすぎだ」

「働きすぎ？　わたしがですか？」

「…………はぁ」

クロヴィスはため息をつくと額を押さえて首を横に振っている。

彼が何を怒っているのかわからないが、どうやらステファニーが朝早く働いていることを怒っているようだ。

（どうして働いているのに怒られるのかしら）

ステファニーは納得いかずに首をかしげた。

誰よりも早く起きて掃除や洗濯物を終わらせてから紅茶を持っていって、言われた仕事を次々にこなしていかなければならない。

そうでなければ自分が食事をもらえなかったのもあるが、夜が更けるまで働き詰めであることが当然だったのだ。

「クロヴィス様、何か気に触るようなことがありましたでしょうか？」

「いや、違う。つまり……もう少しゆっくりだな」

「ゆっくり？　ゆっくりと仕事をしていたら、すべての仕事を終わらせることができませんから」

「ステファニー、待ってくれ……少し話し合おう」

「……？」

ステファニーは、訳もわからないままクロヴィスに促されてテーブルの前へ。

起き始めた他の使用人たちも心配そうにこちらを覗《のぞ》き込んでいるではないか。

クロヴィスのために椅子を引く使用人を見て、「ちょっと待ってください」と言ったステファニーは手際よく彼の前に紅茶やミルク、砂糖などを並べていく。

しかしクロヴィスはステファニーを自分の前に座るように言ったので、戸惑いつつも椅子に腰掛ける。

何かクロヴィスを困らせるようなことをしてしまったのかと、ステファニーが言葉を待っていた。

「君は働きすぎているから、もっと休むべきなんだ」

「……え？」

「……自覚なし、か」

働きすぎだと言われても、まだ朝食すら食べていない時間なのにどういうことだろうかと考えていた。

するとクロヴィスの背後からセドルがニコニコと笑いながら顔を出す。

一体どこから入ってきたのだろうか。

先ほどまで姿が見えなかったはずなのにとステファニーは眉をひそめる。

「セ、セドル様……？」

『ごめんね、ステファニー。でも君が働きすぎていると後から知ったら、クロヴィスは絶対に自分を責めると思ったから報告させてもらったよ』

「……は、はい」

セドルは当然のようにそう言ったが、何か違和感がある。

よく見ると、彼はフワリと空中に浮いて足を組んで座っているではないか。ステファニーはその姿に目が離せなかった。

「今日はこれから公務で城に向かわなければならないんだ。セドルを置いていくわけにもいかないし、もうすぐ迎えが来てしまう」

「…………っ⁉」

「またミーシャを城から連れてくるわけにもいかない。どうすれば……」

顎に手を当てて悩むクロヴィスとは違い、ステファニーはワナワナと震えながらセドルを指差していた。

「クロヴィス様、セドル様が浮いてますっ！」

「ああ、セドルは俺の守護妖精だと前にも言わなかったか？」

「セドル様が守護妖精っ⁉」

「さすがに守護妖精は知っているだろう？」

「は、はい……もちろんです」

ステファニーは衝撃の事実に目を見張る。

セドルは人間と同じ姿形をしているが人型のS級の守護妖精だったようだ。

セドルは『こんな姿にもなれるよ～』と小さな人型妖精に変わる。

ステファニーの周りをセドルはクルクルと楽しげに回っていた。

人型の守護妖精を従えているのは今、王族しかいないことを考えると、自ずと答えが出てくるというもの。

それからクロヴィスという名前と金色に輝く髪と蜂蜜色の瞳を見て、ステファニーは衝撃の事実に気がついてしまう。

（――まさかクロヴィス様って、第一王子のクロヴィス・デリテ・エドガーファ⁉）

ステファニーはクロヴィスとセドルを交互に見ながら、確かめていた。

十年も社交界に出ていないためか、そもそも名前を聞いても、すぐにピンとこなかった。

それに加えて人型の守護妖精も見たことなかったので、人だと思い込んで接していた。

だが突然現れたり素早く移動したり、そんなことができていたセドルに対する違和感の正体がわかったような気がした。

「な、なぜこんなところにっ⁉　城にいるはずで……ここは街ですよね？」

ステファニーもセドルに手を引かれて、ひたすら走っていたのでここがどこかはわからないが、城ではないことは確かだ。

「ここは祖父が残してくれた隠れ家だ」

「隠れ家……？」

「ああ、俺は静かに過ごしたくてここで暮らしている」

「そう……だったのですね」

ステファニーはクロヴィスの言葉に納得するように頷いた。

第一王子であるクロヴィスが表舞台に出ないことは有名な話だ。

王太子として仕事はきっちりとこなすものの、クロヴィスに会うのはなかなか大変だとレベッカが話しているのを聞いたことがある。

雷帝と呼ばれるクロヴィスは、守護妖精も人型のS級であることから尊敬されていて、国民からは絶大な人気を誇っている。

その理由は貧困に悩む地域に赴いては援助をしたり、孤児院を新しく建てたり、盗賊を捕まえて街を救っているからだ。

そのクロヴィスがいつも住んでいる屋敷はここらしい。

だからこそステファニーがひどい目に遭っていると知って、助けようとしてくれたのだろう。

（クロヴィス殿下はすごい人だわ。こうして困った人を見ると放っておけないのね。手を差し伸べて助けようとしてくれるなんて）

静かに過ごしたいという理由は社交界が苦手なことに関係がありそうだ。

ステファニーは、まさか第一王子の屋敷で世話になっているとは思わず、震えが止まらなかった。

しかし、これだけのことをやってしまっているので、今さら後悔しても仕方がないかもと思い直した。

（こんなことで動揺してはダメ。それにクロヴィス殿下は侍女がいなくて困っているみたいだし、わたしが助けたい……！）

ステファニーはクロヴィスが王太子だと知っても、今までと態度を変えなくてもいいだろうと思った。

何よりミーシャの言葉からクロヴィスを支えたいとそう強く思う。

ミーシャは屋敷を案内しながらあることを話してくれた。

要約するとクロヴィスがモテすぎて大変だということだ。

幼い頃はまだよかったそうだが、成長してから令嬢に薬を盛られて何度襲われたかわからないそうだ。

それから婚約者になりたいと四六時中追い回され、城を尋ねてこられては付きまとわれてを繰り返してすっかり女性不信になってしまい、隠れ家で暮らすようになった。

それでもなんとか雇った使用人にさえ言い寄られて、ようやく年配の使用人を雇うも体力的な問題から長く続かずに困り果てていたそうだ。

『ステファニーは今までの方たちとは何か違うような気がするわ』

『わたしがですか？　何かとはなんでしょう』

『坊ちゃんにとっていい影響をもたらしてくれる……そんな予感がしているの』

そんなミーシャとの会話を思い出す。

（きっと平民のわたしならば、問題なく働けるということね！）

貴族でなく約束を守れそうなステファニーならば大丈夫だということだろう。

むしろクロヴィスの身元がハッキリしたことで、働きやすくなるのではないだろうかと思った。

こうして手を差し伸べてくれたクロヴィスのことを助けたいと思っていた。

「クロヴィス殿下」

「なんだ？」

「わたし、がんばって働きますからっ！」

しかしクロヴィスは喜んでくれるどころか顔を歪めている。

「先ほど、俺が話したことを聞いていたか？」

「はい、もちろんです！」

「いや、聞いていない。俺は君に〝働きすぎだ〟と言ったんだ」

「そんなことないと思いますけど」

「ステファニー……これ以上、俺を困らせないでくれ」

「……っ！」

ステファニーはクロヴィスの言葉にエプロンの裾を掴んだ。

どうやらクロヴィスの意に沿わないことをしてしまったようだ。

ステファニーは、レベッカやヒーズナグル伯爵夫人によく怒られていたことを思い出す。

しゅんとしているステファニーにクロヴィスは困惑しつつも、額に手を当てた。

そしてステファニーの顔を覗き込むと口を開く。

「すまない……言葉が足りなかった。よく勘違いされてしまうんだ」

「……え？」

「君は今まで朝から晩まで働いてきたのだろう？　だが、もう必要以上に働くことはない」

「どうしてですか？」

る。

二人の押し問答が面白《おもしろ》いのか、セドルはプカプカと浮きながら楽しそうに笑ってい
クロヴィスは咳《せき》払いをしつつ、理由を探しているように見える。

「今は俺が雇い主だからだ。君の労働時間は朝の九時から夕方の五時までにする」

「そんなに短ければ仕事が終わりませんよ？」

「終わらなければ次の日にすればいい」

「ですが……そうなると食事をもらえません」

クロヴィスは頭をかいた後に、なぜかステファニーを見つめている。

そんなクロヴィスの行動にステファニーは首をかしげた。

「君は今までとてもつらい思いをしてきたんだな」

「……クロヴィス殿下？」

「帰ってきたらきちんと説明する。だから俺が帰ってくるまでは部屋にいてくれ」

クロヴィスはステファニーの頭を優しく撫でた。

大きな手のひらと初めて感じる温かさにステファニーは不思議な気持ちになってい
た。

（なんだろう……とても安心する）

クロヴィスの体が離れてしまうことに名残り惜しさを感じた。

ステファニーに食事をするように指示を出したクロヴィスは城へと出かけていく。

（クロヴィス殿下はとても優しくて、みんなに慕われている理由がわかる気がするわ）

ステファニーはそのまま朝食をもらい、クロヴィスが帰ってくるまでは自室で待機する。

水をもらってリディにあげていると、一週間前よりリディの体の色が綺麗になっていることに気づく。

濃くてくすんだ青い体が徐々に薄くなり、模様がハッキリと見えているではないか。

（リディは昼間、ほとんど動かなかったのに……不思議だわ）

リディもヒーズナグル伯爵邸にいる時よりも元気に動き回っている。

リディが元気で伸び伸びしているのを見ると、ステファニーも嬉しくなる。

ステファニーは満腹になったお腹をさすりながら、クロヴィスの帰りを待っていた。

しかしいつ帰るのかを聞いていないため、ステファニーは暇を潰すために部屋の本棚の前に向かった。

一週間、体を休めている間、クロヴィスに「好きに読んでいい」と言われたので、部屋では本を読むのが日課になっていた。

ステファニーは何冊かの本を取り、ベッドに戻る。
一冊目の本を読み終わる頃に眠気が襲ってくる。
そのままベッドの上で眠りについた。

二章　新しい生活

クロヴィスは、今日も朝からやる気満々で掃除をするステファニーの後ろ姿を眺めていた。

日が昇る前から働き出した時はどうなるかと思ったが、きちんと説明したことで今はクロヴィスが指定した時間を守り働くようになった。

ありえないくらいに細い腕に、顔色も悪かったのだが、食事も三食しっかりと食べて休息を取っているおかげか肌艶もよくなってきたように思う。

初めはどうなるかと思ったが、今ではステファニーを雇ってよかったと思っている。

彼女は勤勉で真面目だ。

今までひどい目に遭ってきたはずなのに前を向いてがんばっている。

たまに常識とズレたようなことを言うが、それ以外に問題はない。

屋敷で働く使用人たちもステファニーに同情していた。

料理人から食後のデザートを食べた際には「こんな美味しいもの食べたことありません！」と言って感動していたと聞いた。

何を出しても『こんなに食べていいのですか?』『わたしに優しくして大丈夫ですか?』と、確認するように言ってくるため、初めは困惑したそうだ。

その他にも使用人たちの仕事も積極的に手伝おうとして、断られると怯えたり、過度に遠慮したりするステファニーを見て胸を痛めている。

最近ではステファニーが不憫だと、涙ながらに訴えてくる使用人たち。

クロヴィスもステファニーの過去について思うところがあった。

しかしステファニーに聞いても頑《かたく》なに以前働いていた場所を言おうとしない。

(以前の雇い主を教えてくれさえすれば、すぐに罰することもできるのだが……)

クロヴィスがそう思うほどにステファニーに肩入れしてしまう。

セドルの話によれば、ステファニーは煤だらけで街をさまよっていたそうだ。

気になってクロヴィスの直属の部下に聞き込みをさせていた。

銀色の髪はとても珍しく、すぐに情報が出てくるかと思いきや、ステファニーがどこで働いていたか判明することはない。

貴族の屋敷も巡ってみるものの、答えは同じだった。

(……なぜだ。ステファニーは一体どこから来たんだ?)

この国に奴隷制度はない。祖父の代で撤廃したはずだ。

だが、ステファニーが奴隷のように扱われていたことに間違いはない。

将来、自分が統治するこの国で苦しむ者がいないようにしたい。

クロヴィスはそのために地方を巡り、積極的に問題を解決していた。

そんな中でステファニーのような虐げられた女性がいることが許せない。

(やはりステファニーに聞いた方が早いか)

だがステファニーの心の傷が深いことが心配だった。

問い詰めてもいいが、ただでさえクロヴィスの顔は圧迫感を与えることがあると、部下に言われたことがあった。

それにステファニーの悲しそうな顔はこれ以上、見たくない。

(彼女の悲しい顔を見たくない。ステファニーには笑っていてほしいんだ)

そう思った瞬間、クロヴィスは驚いて口元を押さえた。

(今……俺は何を)

ステファニーが気になって仕方ない。

それは彼女が今までひどい目に遭っており、放っておけないからだと思っていた。

しかしステファニーには今までの分、笑顔でいてほしいと思ってしまう。

クロヴィスは貴族の女性が苦手だった。

それは守護妖精で男性の価値を見出しているような気がしていたからだ。

それに加えてクロヴィスが王族で王太子となれば必ず欲がチラつく。

媚《こ》びるような甘い声に、強烈な花のむせ返るような香り。

胸を押しつけるような仕草も、まとわりつくような視線もすべて嫌で、城ではなく、祖父の隠れ家を使わせてもらっている。

そして祖父の隠れ家で暮らしていたとしても、雇った使用人たちが次々にクロヴィスに好意を寄せていく。

自分の見た目がそこまで異性を惹《ひ》きつけるのか、不思議で仕方ない。

母親譲りの中性的な顔立ちや珍しい雷属性も関係しているのか、まばゆい金色の髪も、人目を引く原因なのかもしれない。

本来ならば王太子である自分が城に住まなければならないことはわかっていた。

しかし、クロヴィスは自分の身を守れないほど弱くない。

それはS級守護妖精であるセドルの力もあるが、単純に剣の腕だけでもこの国に自分よりも強い人間がいるとは思えない。

これは自惚れではなく紛れもない事実だ。

両親も婚約者をつくらずに国中を飛び回るクロヴィスを心配していた。

それでも公の場にも出ないためにも必要な理由だった。

パーティーやお茶会、品定めするような視線も嫌になる。

自信満々で迫ってくるのは、高位の守護妖精を持つ貴族の令嬢ばかり。

口数が少なく感情が表に出づらいからか、怖がられることもあったが、彼女たちはそんなことを思わないらしい。

しかしクロヴィスは願わくは、人間性を見て相手を選びたいと思っていた。

最近では、貴族たちの間で高位の守護妖精を持つ子どもに跡を継がせる傾向が強くなっていると聞いた。

そんな状況をクロヴィスは危惧しているのだ。

ランクに振り回されることなく差別なく家が繁栄していけばいいと思っているが、やはり守護妖精の力が強ければ恩恵が大きいのも事実だ。

（そういえばステファニーの銀色の髪とサファイアブルーの瞳はとても美しいな。まるで輝く水のような……）

またステファニーのことを考えてしまったと、クロヴィスは額を押さえながらため息をついた。

どうしてこんなにステファニーのことが気になってしまうのかはわからない。

こんな気持ちになるのは初めてだった。

クロヴィスは城に向かうために支度を始めた。


仕事を終えて屋敷に帰る頃にはすっかりと日が落ちていた。

セドルが『ステファニーは今頃、夕食を食べている頃かなぁ』と呟くように言った。

その時、クロヴィスは甘い匂いがして立ち止まる。

いつもはまったく気にしない菓子店の前にはクッキーやケーキ、マドレーヌが並べられていた。

（ステファニーがこれを見たらどんな反応をするだろうか）

宝石のように輝くフルーツに甘そうなクリームとタルト生地。

フルーツタルトを何個か購入して屋敷へと急ぐ。

ミーシャの夫である執事のトーマスが出迎えてくれた。トーマスに荷物を預けると、真っ白な箱に視線があることに気づく。

「クロヴィス殿下、そちらの箱は？　お持ちしましょうか？」

「……フルーツタルトだ」

「なんと……！　甘い物を欲するくらいお疲れに⁉」

トーマスの問いかけにクロヴィスは首を横に振る。

その時、クロヴィスが帰ってきた音が聞こえたのかステファニーが顔を出す。

送り迎えはいいと言っているが、ステファニーは必ず顔を出す。

そのことを指摘すると彼女は『長年染みついた癖のようなものです』と悲しげに語ったことを思い出していた。

これ以上は触れてはいけない話題だと、クロヴィスはステファニーの過去に触れないように気をつけていた。

「君にこれを買ってきた」

「わ、わたしにですか？」

「口に合うかはわからないが……」

そう言ってステファニーにフルーツタルトが入った箱を渡す。

ステファニーはトーマスに箱を持ってもらうと、丁寧にシールを剥《は》がして箱を開けていく。

するとピタリとステファニーの手が止まる。

サファイアブルーの瞳が揺れて大きな目が見開かれていく。

「綺麗……！」

ステファニーが嬉しそうにそう呟いた。

「デザートがまだなら食べるといい」

「ほ、本当ですか⁉」

クロヴィスが頷いたのを見て、ステファニーのまとう雰囲気は一気に明るくなる。

『ステファニー、会いたかったよ』

「セドル様、わたしも会いたかったです。おかえりなさい」

どこからか出てきたセドルが小さな姿になるとステファニーの肩に乗る。

(こんなにも短期間でセドルが心を許すとは……それに守護妖精との触れ合い方が慣れているような気がするが気のせいか？)

セドルはすっかりとステファニーに懐いていた。

屋敷にいる時はクロヴィスの元を離れてステファニーの元に常にいる。

それほどステファニーのそばが居心地がいいのだろうか。

思えば初めからセドルは、ステファニーに他の女性にはない何かを感じていたのかもしれない。

「クロヴィス殿下、素敵なお土産をありがとうございます！」

「…………あぁ」

「とても嬉しいです。デザートにいただきますね」

嬉しそうにケーキを崩さないためにか、そっと歩いていくステファニーの後ろ姿を見ていた。

セドルと楽しそうに歩いていくのを眺めていると、トーマスが呟くように言った。

「クロヴィス殿下が女性に贈り物をするのは初めてではないでしょうか。感慨深いものがありますな」

「……！」

「これを聞いたらミーシャも喜ぶでしょう」

クロヴィスはトーマスの顔を見た。

目に涙を浮かべながら、どこからか白い布を取り出して目元を拭っている。

反論しようと唇を開くが過去を思い返してみても、クロヴィスが女性に何かをあげた記憶はない。

「ご一緒に召し上がったらいかがでしょうか？」

「……俺がか？」

「きっとステファニーも喜びますよ」

トーマスの言葉にクロヴィスは首を小さく横に振る。

一緒に食べてステファニーが喜ぶ顔を直接見たくないわけではないが、今は彼女がゆっくりと楽しんで食べてくれればいいと思った。

フルーツタルトに目を輝かせて嬉しそうに食べる姿が目に浮かぶ。

クロヴィスが無意識に笑うとトーマスが嬉しそうにしている。

「まさかクロヴィス殿下のそんな表情が見られるとは驚きですよ」

「なんだ?」

「いいえ、クロヴィス殿下にとってステファニーは特別な存在なのですね」

その言葉にクロヴィスはごまかすように咳払いをする。

ニコニコ微笑むトーマスの横を通りすぎて自室へと向かう。

後ろ手で扉を閉めたクロヴィスは、ステファニーに対する気持ちが今までと違うことに気づいて驚いていた。

「……こんな女性は初めてだ」

ステファニーが屋敷に来てから一カ月、クロヴィスの彼女への気持ちは大きく変化していた。

＊　＊　＊

ステファニーがクロヴィスに雇ってもらい一カ月が経とうとしていた。

ヒーズナグル伯爵邸にいた時よりも体調がよくなり、動きも格段によくなった。

何より嬉しいのは食事が三食もらえること。クロヴィスが指定した朝の九時から午後の五時までに仕事を終わらせれば、自由に時間を使うことができることだ。

本を読んで過ごしたり、ふかふかのベッドに寝転がりながら体を休めたり、リディの世話だって朝晩きっちりとできた。

綺麗な部屋や支給された生活用品はステファニーにはもったいないほどだった。

髪を整えて母親のアデルから譲り受けた水色の蝶の髪飾りをつけていた。

ヒーズナグル伯爵邸でつけていれば間違いなくレベッカやヒーズナグル伯爵夫人に取り上げられてしまっただろうが、今ではその心配はない。

これをつけて仕事をしているとアデルと守護妖精のスカイと一緒にいられるような気がして嬉しかった。

ヒーズナグル伯爵邸で、朝から晩まで身を削りながら必死で働いていた時とは大違いだ。

セドルもステファニーが働きすぎないように常に目を光らせているようだ。

最近、ステファニーの前では小さな人型の姿で肩に乗ったりしながら遊んでいる。

セドルとはすっかり仲良しになった。

ステファニーは今日も屋敷を隅から隅までピカピカにしながら、先日クロヴィスが買ってきてくれたフルーツがたくさんのったタルトの味を思い出していた。

あんなに美味しい物を食べたのは、初めてではないだろうか。

（クロヴィス殿下はこんなわたしにも気を使ってくれて、皆さんに慕われる理由がよくわかるわ）

ここに来ることができて本当に幸せだと思う。

今は洗濯を外に干し終わったので、ハシゴの上に乗って窓の高い部分を磨いているところだ。

ステファニーは、こんなにも幸せな生活を送らせてくれるクロヴィスに心から感謝していた。

（今日は天気がいいから洗濯物がすぐに乾きそうだわ）

屋敷の使用人たちはステファニーにとても優しくしてくれる。

不思議なことに、クロヴィスの元に来てからリディはとても元気にしている。

今日もひょっこりとポケットから顔を出しては、ステファニーが元気でアタシも嬉しいと伝えてくれているような気がした。

体の色が一カ月前よりもより明るくなり、体の模様もくっきりと出てきた。

リディが水を飲むことは、ずっと隠していた。

バレないように、ヒーズナグル伯爵邸では屋敷の裏の古い井戸の水を汲んでいたのだけれど、その水はお世辞にも綺麗とはいえなかった。

しかしここの水はとても綺麗なのだ。

(飲んでいる水のせいなのかしら？)

相変わらずリディはぷにぷにしていて気持ちいい。体は触っていて癖になる。

一番大変なことと言えば、神出鬼没なセドルにリディが見つからないようにすることだろうか。

音もなく背後にいるセドルにはよく驚かされている。

リディがステファニーの守護妖精だとバレてしまえば、自然とステファニーが元貴族だということがわかってしまう。

この生活を手放さないためにも、リディの存在だけはクロヴィスやセドルに隠し通さなければならないと思っていた。

「ステファニー……また窓を磨いているのか」

背後からステファニーを呼ぶ声が聞こえた。

ステファニーは慌ててリディをポケットにしまってから後ろを振り返り見下ろす。

「おかえりなさい、クロヴィス殿下！」

「ああ」

「出迎えられずに申し訳ありません」

「いや、構わない」

クロヴィスはピカピカになった窓を下から上までじっくりと見つめている。

ステファニーは布をハシゴの上に置いて問いかける。

「何か他にお仕事があるのですか？」

「いや……」

「わたしにできることがあったら、なんでも言ってくださいね！」

ステファニーはキラキラとした瞳でクロヴィスを見つめていた。

クロヴィスに恩を返したい一心だったが、何か他に仕事をしようとしてもあまりいい顔をしない。

短い労働時間ではあるが、屋敷は一カ月で掃除するところがなくなってしまうくらいに綺麗にはなっていた。

そんなこともあり、今日は庭師にハシゴを借りて、ずっと手が出せていなかった高い部分を磨いている。

「ステファニー、そんなところにいたら危ないぞ？」

伯爵家にいる頃は、隅々まで磨けと散々言われていたからか、磨き残しがあると自然と気になってしまうようになった。

それに掃除をして綺麗になると気持ちまで晴れやかになる。

「大丈夫です！　慣れてますから」

力強く言うステファニーがガッツポーズをした瞬間だった。

乗っていたハシゴがガタリと揺れて、ステファニーはすぐにハシゴにしがみついた。

しかしそのままバランスを崩してしまい大きく体が傾いていく。

「きゃっ……！」

「ステファニーッ！」

衝撃に備えて目を閉じたのだが、しばらくしても痛みがないことを不思議に思っていた。

ステファニーがゆっくりと目を開けると金色の髪が見えた。

「……クロヴィス、殿下？」

「ステファニー、無事か？」

「は、はい！」

「怪我はなさそうだな。よかった」

どうやらクロヴィスがハシゴごとステファニーの体を支えてくれたようだ。

ステファニーはクロヴィスの腕の中で呆然《ぼうぜん》としていたが、すぐにハッとして声をかける。

「クロヴィス殿下、大丈夫ですか⁉」

「……それはこちらの台詞《せりふ》だが？」

クロヴィスはステファニーが無事だとわかったのか、ホッと息を吐き出した。

ステファニーの悲鳴を聞いてやって来た小さなセドルが、心配そうにステファニーの周りを飛んでいる。

ステファニーはセドルを安心させるように声をかけていると、クロヴィスがハシゴの建て付けを確認している。

クロヴィスにお礼を言わなければとステファニーは頭を下げた。

「クロヴィス殿下、助けてくださりありがとうございます！」

「ステファニー、掃除はありがたいが怪我をしないようにしてくれ」

「……は、はい」

「俺が声をかけたからかもしれない。すまない」

「クロヴィス殿下のせいではありません！　わたしが勝手にバランスを崩しただけですからっ」

クロヴィスが謝ることはないとステファニーは訴えかけるように言った。

その後、再び窓の掃除をしようとするステファニーを見て、クロヴィスがすぐに止める。

あと一枚で終わるからと言っても厳しい表情のままだ。

一カ月、クロヴィスと関わっていたことでわずかな表情の変化にも気づくことができるようになった。

（クロヴィス殿下はわたしを心配してくださっているんだわ）

ステファニーはクロヴィスの気持ちが伝わったため、しょんぼりしつつハシゴから下りようとした。

するとクロヴィスがあることを口にする。

「あと一枚磨けばいいのなら俺がここで支えている」

「え……？」

「そうすれば終わるのだろう？」

ステファニーはクロヴィスの気持ちが嬉しくて何度も首を縦に動かした。

クロヴィスにハシゴを支えてもらいながら手早く窓を拭き終える。

すべて終わってハシゴから下りていると、ステファニーに伸ばされる手。

クロヴィスの大きな手のひらを掴みながら地面に着地する。

ステファニーが触れた時に感じたゴツゴツとした手のひら。

クロヴィスはいつも剣を携えているからだろうか。

「クロヴィス殿下の手はとても大きいのですね」

「……！」

ステファニーが両手でクロヴィスの手のひらに触れていると、彼の表情がわずかに硬くなる。

余計なことをしてしまったかもと、ステファニーからサッと血の気が引いていく。

「ご、ごめんなさい！　わたしったらつい余計なことを」

「いや……すまない」

スッと逸らされる視線を見て、ステファニーはあることを思い出していた。

それはステファニーが雇われる時に提示された約束だった。

雇い主であるクロヴィスに関心を持ってはいけないというものだ。

「もっ、申し訳ございません！」

「……？」

「今のはクロヴィス殿下に関心を持っているわけではなくて、手が大きいな～という単純な興味なので！」

「……！」

「ですから、特に意味はないんですっ」

ステファニーがそう言うとクロヴィスとセドルは目を丸くしている。

必死に言い訳をしすぎたことで怪しまれてしまったようだ。

「解雇だけは……っ」

ポツリとステファニーが呟いた言葉を聞いて、クロヴィスは何が言いたいか理解したのか人さし指で頬をかいている。

ステファニーは両手を合わせて祈るようにして言葉を待っていた。

「ステファニーはよくやってくれている」

「……！」

「解雇はしない。安心していい」

クロヴィスの言葉にステファニーは満面の笑みを浮かべて頷いた。

それからステファニーが頭につけている髪飾りに気づいてくれたのか、クロヴィスが声をかける。

「その髪飾りは？」

ステファニーは髪飾りに触れるようにして答えた。

「母の形見なんです。とても大切なもので」

「……そうか。そういえばここに来る時に荷物をほとんど持っていなかったな」

「はい……すべて奪われたり、壊されたりしてしまったんです。これだけは隠しておいたので無事でした」

「……」

「それに追い出されるように出てきたので……って、その！　今はここで幸せいっぱいなので大丈夫ですから！」

ステファニーは慌てて言い訳をしていた。

またクロヴィスにどこで雇われていたのか問い詰められると思ったからだ。

しかしクロヴィスは「……そうか、つらかったな」と悲しげに呟いただけで、いつもの勢いはない。

ステファニーが形見と言ったことで、母親が亡くなったことがわかったからだろう。

空気がしんみりとしてしまったようだ。

これ以上、クロヴィスに気を使わせないようにするためにステファニーはにっこりと笑みを浮かべる。

するとクロヴィスはステファニーの頬をなぞるように触れた。

「無理をして笑う必要はない」

「……え？」

「つらい時は俺やセドルを頼ってくれ。力になろう」

ステファニーは、こうして当たり前のように味方になってくれるクロヴィスの言葉に驚いていた。

しかしそれと同時に熱い気持ちが込み上げてくる。

クロヴィスの気持ちが嬉しくて再び彼の両手を握った。

「ありがとうございます……！　クロヴィス殿下」

「……！」

「わたし、クロヴィス殿下のためにがんばって働きますね」

ステファニーの満面の笑みを見て、今度はクロヴィスが大きく目を見開いている。

照れているなど夢にも思わずに心の中は喜びでいっぱいだった。

セドルが人型の姿に戻るとニヤニヤと笑いながらクロヴィスの元へ。

『あーあ、クロヴィスの方が約束を破っちゃいそうだね』

「……セドル」

「セドル様、なんの約束ですか？」

『ステファニーは気にしなくていいよ』

「はい……わかりました」

苦い表情をしたクロヴィスがセドルを睨みつけていたが、ステファニーはなんのことかわからずに首をかしげたのだった。

その日の晩、夕食をお腹いっぱい食べたステファニーはリディの世話を終えて本を読んでいた。

扉をノックする音が聞こえて返事を返すと、笑顔のセドルがひょっこりと顔を出す。

『ステファニー、クロヴィスが呼んでいるよ』

「わたしをですか？」

『うん、そう。一緒に行こう』

セドルはステファニーの腕を引く。

ステファニーが仕事終わりにこうしてクロヴィスから呼ばれることは初めてだった。

それだけに、緊張してしまいドキドキする胸を押さえていた。

（何か粗相をしてしまったかしら……）

不安な気持ちを抑えつつセドルの後をついていくと、クロヴィスの書斎へとたどり着く。

緊張しながらも扉をノックすると低い声で返事が聞こえた。

「クロヴィス殿下、お呼びでしょうか」

「ああ、ステファニー。急に呼び立ててすまない。部屋に入ってくれ」

「しっ、失礼いたしますっ！」

クロヴィスの前には大量の書類が積み上がっている。

カタリと羽根ペンを置いたクロヴィスは、資料をまとめながら淡々と手を動かしていた。

沈黙に耐えかねたステファニーは口を開く。

「あの……何か仕事でしょうか？」

「君の仕事時間は過ぎている。仕事は終わりだ」

「では、何か用件が……？」

ステファニーがソワソワしていると、クロヴィスが机の棚を開けて何かを取り出している。

そして立ち上がるとステファニーの前にあるものを差し出した。

「え……？」

ステファニーがクロヴィスと薄茶色の袋を交互に見ながら戸惑っていると、早く受け取れとばかりに渡される。

薄茶色の袋を受け取るとずっしりと重たい。

ステファニーがそのまま固まっていると、クロヴィスがこちらを向いて口を開く。

「一カ月分の賃金だ」

「賃金、ですか？」

「ああ。働いてもらっているのだから当然だろう？」

「この袋に入っているお金は全部、わたしがもらうのですか？」

「そうだ」

クロヴィスは当然のように頷いているが、ステファニーは衝撃を受けていた。

ヒーズナグル伯爵邸では自分が働いても虐げられるだけだったが、ここでは誰かに認めてもらえるんだと気づく。

過剰な労働の対価は食事と寝る場所の提供のみ。

それでも食べるためには働くしかなかった。

今は三食お腹いっぱい食べられて、休憩や寝る時間もあるのに賃金ももらえるなんて信じられない気分だ。

ステファニーはチラリと薄茶色の袋の中身を覗く。

そこには今まで見たことがないほどの大金が入っていた。

ゴクリと喉を鳴らし、袋を持つ手は震えが止まらない。

（一カ月でこんなに……本当にいいのかしら）

ここに来てからいいことばかりで、ステファニーは本当に幸せな時間を過ごさせてもらっていた。

ステファニーの目にはじんわりと涙が滲む。

しかしクロヴィスはその姿を見てわずかに目を見開いている。

「……金額が足りなかっただろうか？」

クロヴィスの問いかけにステファニーは大きく首を横に振る。

「嬉しいんです……！　こうして賃金をもらうのは初めてだったので。ありがとうございます。クロヴィス殿下！」

ステファニーは涙を拭うように目をこすると、にっこりと笑いながらクロヴィスに頭を下げた。

「……初めて、だと？」

「あっ……！」

「今まで賃金も出てなかったのか？」

ステファニーはクロヴィスの厳しい表情を見て、口元を押さえた。

（わたしったらまた余計なことを……）

今まで当たり前だったことを話すたびに、クロヴィスは難しい顔をする。

ここで暮らしてわかったのは、ヒーズナグル伯爵家でのステファニーの扱いは異常だったということだ。

「いえ、違うんです。こんなにたくさんもらっても使い方もわからないという意味で言っただけなので、気にしないでください……！」

「………」

なんとか誤魔化すことができたステファニーだったが、お金を見つめながら固まっていると、クロヴィスが首をかしげて問いかける。

「どうした？」

「えっと……使い道がわからないんです。外にも出られなかったもので、買い物もしたことなくて」

「……!?」

クロヴィスの蜂蜜色の瞳が、これ以上ないほどに大きく見開かれている。

ステファニーは外にも出たことがなく、事実、こんなふうに賃金をもらってもどうすればいいかわからないのが本音だった。

それにステファニーはこの生活に満足していた。

三食も食べられて賃金や休憩がもらえるなんて、ここは天国のようだ。

一方でステファニーは、ますます険しくなるクロヴィスの表情に困惑していた。また以前、雇われていた場所について聞かれたらどう言い訳しようか考えていたのだが、彼からかけられたのは意外な言葉だった。

「ステファニー、明日は休みだな？」

「は、はい！」

「予定は？」

「特にありません。部屋で本を読もうかと……」

クロヴィスはステファニーに休暇はいつにするかと提案してくれていたのだが、ステファニーは特にすることもないため断っていた。

しかしそろそろ休みを取るべきだと言われて、ちょうど明日に休みをもらっていた。

「なら、一緒に街に行こう」

「え……？」

クロヴィスの言葉にステファニーは驚いていた。

話を聞くと明日は城に行かなくてもいいらしく、クロヴィスもたまたま街に行く予定だったそうだ。

「そのお金を使って新しい本を買うのはどうだ？」

クロヴィスの提案にステファニーは目を輝かせた。

このお金で自分の好きな本を買えるなんて夢のような話だった。

いつもレベッカが色々なものを、ヒーズナグル伯爵から買ってもらっているのを見ていたステファニーは、羨ましいと思っていたからだ。

それに一人で街に行くのは心細かったので、クロヴィスが一緒に来てくれるのはありがたい。

「新しい本、欲しいです……！」

「なら行こう。明日は君の買い物に付き合うよ」

「本当に、わたしが買ってもいいんですか？」

「ああ、当たり前だ」

ステファニーはクロヴィスからもらったお金が入った薄茶色の袋を抱きしめるように持った。

「クロヴィス殿下、ありがとうございます！」

「……ああ」

「明日はよろしくお願いします」

クロヴィスは少しだけ口角を上げてから頷いた。

ステファニーの心はクロヴィスへの感謝でいっぱいだった。

ステファニーは部屋を出ると袋を持って廊下を歩いていく。

他の使用人たちは嬉しそうに歩くステファニーに声をかけてくれた。

とても優しい使用人たちがステファニーは大好きだった。

ステファニーが自室へと戻るとちょうど水を飲み終えたのか、リディがカゴから顔を出す。

「リディ……！」

ステファニーはリディの元に向かい、もらった賃金を見せた。

そしてどんなに嬉しく思っているのかを伝えていく。

明日、街に買い物へ行けることも……。

「リディは何が欲しい？　自分で働いたお金で好きなものが買えるなんて夢みたいだわ」

リディは嬉しそうに体を持ち上げながらステファニーの話を聞いている。

そんな時、リディの体の模様が一瞬だけ光ったような気がした。

不思議に思ったステファニーはリディを両手にのせて体を確認しながら目を細める。

(気のせい、よね？)

しかしリディはいつも通りに見える。

ステファニーは気のせいだと思い、話を続けたのだった。

次の日、ステファニーはソワソワしながら朝食を食べた。

そしてリディにも外の世界を見せてあげたいと、いつものようにポケットへ入れる。

玄関に向かうと軽装で眼鏡《めがね》をかけたクロヴィスが立っていたが、ステファニーの格好を見て驚いている。

「そうだった、そんな服しかなかったよな」

「はい……いただいた服しか持っていなくて」

ステファニーは支給された侍女服しか持っていなかった。

着ていた服はボロボロで煤だらけだったため処分したのだ。

クロヴィスの反応を見て申し訳なく思ったステファニーだったが、そのことに気づいたようだ。

「すまない。服飾店にも寄ろう」

「え……？」

「そこで好きな服を買うといい。本当はミーシャがいたらよかったんだが」

ステファニーは顎に手を当てて考えているクロヴィスに向かって首を横に振る。

たしかにミーシャが一緒だと嬉しいけど、クロヴィスがステファニーのために時間をつくってくれたことが幸せだと感じる。

「いいえ、クロヴィス殿下が一緒に来てくださることが、何よりも嬉しいのです！」

「………！」

クロヴィスはステファニーの言葉を聞いて、大きく目を見開いた後に笑みを浮かべた。

そして大きな手のひらで頭を撫でる。

「そうか。行こう」

「はい！」

今日、セドルは屋敷で留守番だそうだ。

セドルは、クロヴィスが大変な時には彼を守るためにすぐに瞬間移動できるので、問題ないらしい。

基本的にクロヴィスが強いことやお忍びのこともあり、護衛は遠くから見守っていると説明を受けた。最初にセドルと会った時も真っ黒なローブをかぶっていた。それはセドルが目立つからなのだろう。

ステファニーはクロヴィスと共に歩きだした。

クロヴィスの屋敷から街までは歩いて二十分ほどだ。

徐々に人が多くなり活気が出てくる。

ステファニーは初めて見る景色にキョロキョロと辺りを見回していた。

ヒーズナグル伯爵邸から飛び出した時は日も落ちていたし、野垂れ死んでしまうかもと必死だったため、周りの景色を楽しむ余裕はなかった。

しかし今は街には様々な人が行き来している様子を眺めることができる。

笑い声や挨拶を交わす声が聞こえて、ステファニーは憂いを帯びた瞳で見つめていた。

「お母様とこの景色を見れたらよかったのに……」

無意識にそんな言葉がこぼれ落ちる。

病弱なアデルに付き添って、ステファニーはヒーズナグル伯爵邸にこもりきりだった。

よく中庭に咲いていた花をベッドに寝ているアデルの元へ持っていったことを思い出す。

懐かしい思い出に浸っていると、人混みの中でクロヴィスの姿が見えなくなっていることに気づく。

リディがいる胸元を押し潰されないように気を使っていたのだが、俯いていたせいで完全にクロヴィスを見失ってしまったのだ。

ステファニーがクロヴィスを追いかけようとしてもぎゅうぎゅうの人混みの中、身動きが取れなくなってしまう。

（人がたくさんいるわ。どうにかしてリディを守らないと……！）

クロヴィスの名前を呼ぼうとして、ステファニーは慌てて口を閉じる。

眼鏡をかけて軽装のクロヴィスは、王太子であることを隠して変装をしているのだ。

こんなところで国民から大人気の王太子の名前を呼んだら、さらに混乱してしまう。

(ど、どうすれば……!)

ステファニーがどうにかしてクロヴィスを捜さなければと辺りを見回していると突然、腕を掴まれて抱き込まれてしまう。

石けんのような爽やかな香りにステファニーが顔を上げると、帽子の隙間から金色の髪が見えた。

眼鏡をかけたクロヴィスの姿があり、ステファニーを守るように抱きしめてから道の端へと向かう。

逞しい腕に触れているせいか心臓がドキドキと鳴っているのがわかる。

「ステファニー、大丈夫か?」

「は、はい!」

クロヴィスの言葉に返事をするものの、焦りからか声が裏返ってしまう。

ごまかすように咳払いをしたステファニーを抱き込んだまま、クロヴィスは人が少ない場所へと移動する。

人混みを抜けてクロヴィスから離れたことで気持ちは落ち着きを取り戻しステファニーはホッと息を吐き出した。

ポケットにいるリディも潰されることなく無事のようだ。

「君を見失ってしまった。一人にしてすまなかった」

「わたしが悪いんです。考え事をして歩いていたので……」

「無事でよかった」

クロヴィスが安心したように息を吐き出して優しい笑みを見せた瞬間、ステファニーの心臓が大きく跳ねた。

しかしごまかすように首を横に振る。

クロヴィスが「どうしたんだ？」と心配しているが、ステファニーはクロヴィスへの気持ちがいつもと違うことに気づいていた。

(クロヴィス殿下に関心を持ったらダメよ……！　まだまだクロヴィス殿下にお仕えしたいもの)

自分の気持ちを押し込むようにして奥にしまい込んだ。

気持ちを切り替えるようにステファニーは頭を下げた。

「ありがとうございます。またクロヴィス殿下に助けられましたね」

「当然だ。今度ははぐれないように」

クロヴィスはそう言いながら、さりげなくステファニーの手を取った。

「……！」

クロヴィスの意外な行動にステファニーはドキッとして、恐る恐る彼の顔を見上げる。

彼の表情は涼しげで、ステファニーはまた自分とはぐれないように気遣ってくれているのだと思った。

(クロヴィス殿下は親切心で言ってくれているだけなのよ！)

ステファニーは自分に言い聞かせるようにして、気持ちを落ち着けた。

大きな手に包まれる感覚を意識してしまうのは、先ほどのことがあったからだろう。

なんとか平常心を保ちながら再び歩きだす。

今日、寄る場所は服飾店と本屋、それから雑貨屋ということをクロヴィスと話していく。

クロヴィスはすぐに了承してくれた。

ただの使用人であるステファニーにここまでしてくれるクロヴィスの優しさに感謝

していた。

今まで屋敷に勤めてきた女性の使用人たちが、彼にときめいた理由がよくわかるような気がした。

歩いていると途中でクロヴィスが露店で飴《あめ》細工を買ってくれた。

かわいらしい蝶を模《かたど》った飴細工にステファニーは釘付けだった。

水色の飴が透けている。模様は黒で縁取られていていた。

(リディもいつかはこうなるのかしら……ううん、もしリディがこのままでも、わたしがリディを大好きなことには変わらないわ)

たとえどんな姿でもリディへの気持ちは変わらない。

ステファニーが飴細工をじっと見つめていることが気になったのか、クロヴィスから声がかかる。

「ステファニー、大丈夫か?」

「あっ、大丈夫です！　とても綺麗で食べるのがもったいないですね」

「そうだな」

それからステファニーは服飾店に連れていってもらい、休みの日に使えそうなワンピースを数着と替えのシャツやスカートなど普段使うものを購入した。

それと本屋でも新しい本を数冊買うことができた。

どれも新しい体験でステファニーは大興奮だった。

しかし両手いっぱいの荷物を持っているため歩きづらい。

「ほら、荷物を持とう」

「クロヴィス殿下に荷物を持たせるわけにはいきませんから！」

「構わない。まだ買い物はあるだろう？」

ステファニーはクロヴィスの気持ちは嬉しかったが、さすがにこの国の王太子に荷物を持たせてはいけないことだけはわかる。

クロヴィスはステファニーが持っていた本と服を軽々と片手で持ち上げた。

オロオロしているステファニーを気にすることなく、雑貨店に案内するからと歩きだしてしまう。

ステファニーはクロヴィスの好意に甘えて後ろをついていく。

ヒーズナグル伯爵の侍女たちが話しているのを聞いたのだが、雑貨店にはなんでもあるらしい。

ステファニーはそこでどうしても買いたいものがあった。

（……リディにかわいらしい家を買ってあげたい）

今は木で編んだカゴに布を敷いているだけだが、レベッカが持っていたようなかわいらしい小物入れをリディの家にしてあげたいとずっと思っていた。

ヒーズナグル伯爵も夫人もレベッカも自分の守護妖精たちの家があった。セドルも自分専用の部屋があるらしいが、いつもは小さい姿になってクロヴィスと共に寝ていると聞いた。

リディにぴったりな小さくても居心地のいい家を買ってあげたかった。

ステファニーは期待からドキドキと鳴る心臓を押さえながら雑貨店へと入る。

かわいらしい雑貨が店いっぱいに飾られている。

ステファニーは思わず「わぁ……」と声を漏らした。

かわいらしい雑貨の数々に目を奪われて動けないでいると、クロヴィスがそっとステファニーの背を押した。

クロヴィスは優しげに微笑んでいる。

ステファニーは一歩、また一歩と歩いて周りを見て回った。

するとガラスでできた青い薔薇《ばら》と茎の下の部分に小さな皿がついた小物入れに目が留まり手に取った。白髪を綺麗にまとめた丸眼鏡の優しそうな男性店主がステファァニーに声をかける。

「青い薔薇には〝奇跡〟〝夢が叶う〟という意味があるんですよ」

「奇跡、ですか？」

「ええ、とても素敵ですよね」

ステファニーはそれを聞いてますますこの青い薔薇の小物入れが気に入った。

「これをください！」

「はい、ありがとうございます」

きっとリディも喜ぶだろうとステファニーは購入を決めた。

お金を払ったステファニーだったが、ここであることに気がついた。

（たくさん買い物したはずなのに、お金がこんなに残っているわ……）

今日のためにと持ってきた袋にはまだまだお金が入っている。

ふと、セドルが街で持っていた張り紙の条件に驚くほどの高賃金が書かれていたことを思い出していた。

ステファニーは皆がどのくらいお金をもらえるのかはわからないが、もらいすぎではないかと思っていた。

ここの店も貴族向きではないだろうか。

そして店主がラッピングしていたものを渡される。ステファニーはお礼を言って箱を受け取った。

ステファニーはすべての用事を終えてクロヴィスと共に屋敷へと帰る道を歩いていた。

あんなにも賑《にぎ》やかだった場所にいたことが嘘のように静まり返っている。周りには人はいない。

「欲しいものが見つかってよかったな」

「はい！」

『おーい！　二人とも迎えに来たよ』

ステファニーの前に小さなセドルがぽんっと現れた。セドルはステファニーとクロヴィスが荷物を手にしていることに気づいたのか青年の姿になると、ステファニーの荷物を持つために手を伸ばす。

「セドル様……！」

『ボクが持つよ。それに様はいらないよって前から言っているでしょう？』

「……ですが」

『ステファニーは特別なんだ』

セドルはすぐにそう言った。

しかしクロヴィスの守護妖精のセドルを呼び捨てにするのはどうかと迷っていた。

こんなにも仲良くしてくれるのは嬉しい限りだが、戸惑いもある。

するとクロヴィスがステファニーに声をかけた。

「セドルがいいと言うなら、そう呼んでやってくれ」

「いいんですか？」

「もちろんだ」

セドルの名前を呼ぶと、セドルはにっこりと笑みを浮かべて体がフワリと浮いた。

三人で楽しく話しながら帰ると、屋敷の使用人たちが総出で迎えてくれた。

どうやらセドルから色々聞いたらしく、初めて買い物に行くステファニーを心配してくれたそうだ。

ステファニーは驚くのと同時に心が温かくなった。

「皆さん、クロヴィス殿下、セドルもありがとうございます！」

皆にお礼を言ってステファニーはセドルに荷物を持つのを手伝ってもらい、自室へと戻る。

余ったお金は引き出しに入れておいた。

今までは『すみません』『申し訳ありません』とばかり言っていたのだが、ここに来てからは『ありがとう』と感謝ばかりしていることにステファニーは気づいていた。

テーブルに今日買った物を並べて整理していく。

新しい本に侍女服以外のワンピース、それからリディの部屋を買うことができた。

ステファニーはリディをポケットから取り出して、サイドテーブルにある入れ物に置く。

水を注ぐとリディはゴクゴクと飲み干していく。

リディは日に日に水を飲む量が増えているような気がする。

（リディ、お腹が空いていたのかしら）

その間に雑貨店で買った青い薔薇のガラス細工がついた小物入れを出す。

その入れ物部分の底に布を敷いた。

すると水を飲み終わったリディが移動して入れ物へと入る。

そして布の上に向かうと嬉しそうに体を動かしているではないか。

「リディ、気に入った？」

リディは体をブンブンと動かして喜びをアピールしていた。

キラキラと光に反射する青薔薇のガラス細工を見ていると、アデルとその守護妖精のスカイを思い出す。

(とっても綺麗……)

リディはお腹がいっぱいになったからか丸くなって眠ってしまう。

ステファニーはリディが小物入れを気に入ってくれたことが嬉しかった。

隣にクロヴィスに買ってもらった飴細工を飾った。


その後、夕食を食べながらステファニーは、今日クロヴィスと回った街での様子を興奮気味に話していた。

皆はステファニーの話を聞いてくれる。

「本も二冊も買ったんです！　それにクロヴィス殿下が綺麗な飴細工をくださったんですよ？」

「クロヴィス殿下が？」

「クロヴィス殿下が女性にプレゼントとは……」

使用人たちは驚いていたように見えたけれど、みんな興味深そうに聞いてくれるので、ステファニーは話すのに夢中になっていく。

こうしてステファニーの初めての休日が過ぎていったのだった。

次の日、ステファニーは清々しい気分で業務にあたっていた。

（昨日はとてもいい日だったわ。またたくさんがんばってクロヴィス殿下と街に行けたらいいな）

またクロヴィスと買い物に行けたらと思っていたが、彼が忙しいことはわかっていた。

だが彼と過ごす時間は本当に心地よい。

昨日も他の使用人たちにおすすめの店を聞いて、一晩中そのことについて考えていた。

次の休みをもらうのが待ち遠しい。

今日は玄関を綺麗にしようとステファニーが端から端までピカピカに磨いていた時だった。

「クロヴィス殿下、お迎えにまいり……えっ⁉」

「どうしたんだよ……う、嘘だろう⁉　女の子がいる」

二人の騎士がステファニーを見て目を見開いている。

ステファニーもしゃがんで床を磨いていたせいか、二人の騎士たちが大きく見えた。

ステファニーが固まっていると、二人は興味津々といった具合にこちらに近づいてくるではないか。

戸惑っていると、いつの間にやら現れた小さなセドルが、ステファニーをかばうように飛んでいる。

『コラ！　二人ともステファニーを困らせるなっ』

「ですが、この屋敷で女の子が普通に働いているなんて驚きますよ！　あ、自己紹介がまだだったか。オレはライオネルだ」

「私はエドガーと申します」

クロヴィスと同じ年頃の二人が自己紹介をすると、ライオネルの後ろからライオンが飛び出してセドルに飛びかかった。

エドガーの首には緑の蛇が巻きついている。

「初めまして、ステファニーです。この方たちは、お二人の守護妖精ですか？」

「ああ、そうだぜ。ライオンのネルだ。土属性なんだぜ」

ライオンのネルと同じような短い茶髪とライトブラウンの瞳。

ライオネルは人懐っこい笑みを浮かべた。

同じくネルもセドルに甘えている。

エドガーの守護妖精はガイといい、とても物静かだ。

彼はガイと同じモスグリーンの長髪を束ねている。

瞳はブラウンで全体的に落ち着いているように見えた。

植物を操る力を持つそうで、ステファニーには二人の守護妖精がとても強いのだとわかる。

それこそヒーズナグル伯爵やレベッカの守護妖精よりもずっと強いものを感じた。

ライオネルは公爵家、エドガーは侯爵家の令息らしくクロヴィスの幼馴染《おさななじ》みで側近だという。

最初こそ驚いたものの、二人は優しく怖くないことがわかった後は楽しく話すことができた。

「ステファニーはもうここに勤めて一カ月も経つのか！」

「あのクロヴィス殿下と一カ月も一緒にいて惚れ込まない女性がいるとは……興味深いです」

ライオネルとエドガーにとって、ステファニーがここで働いていることが珍しいのか、興味深そうだ。

「守護妖精は……いないのか？　でもなんだか……」

「なるほど。ステファニーは貴族ではないんですね」

ステファニーは『貴族』という言葉に大きく肩を揺らした。

ライオネルとエドガーには、リディがポケットの中にいると気づかれてはいけない。

ステファニーが貴族の令嬢だとバレてしまえば解雇されてしまう。

ライオネルとエドガーの問いかけにステファニーは大きく首を縦に振った。

「わたしは貴族ではありませんし、守護妖精もいません！」

「そうか。でもなんか不思議な感じがするんだよなぁ」

「わたしはいたって普通の平民ですっ！」

「ははっ、ステファニーは面白いのですね」

雇われる時の条件は貴族出身でないこと、クロヴィスに興味を持たないことだ。

ステファニーは全力で自分が平民だとアピールしておいた。

ガイだけは何かに気がついているのか、静かにステファニーのポケットを見ているのが怖いところだ。

実際、ライオネルは納得したようだが、エドガーもガイの様子を見てか不思議そうにステファニーを見ている。やはり守護妖精を持つ者同士、何か感じるものがあるのかもしれない。

ステファニーは話題を変えるために二人に質問しようとした時だった。

遊んでいたネルとセドルがステファニーの足にぶつかってしまう。

ステファニーは突然のことにバランスが取れずにフラリとよろめいた。

「わっ……！」

「危ない！」

ステファニーは衝撃に備えて目を閉じるが腰に回る逞しい腕。

薄っすら瞼《まぶた》を開くと短いブラウンの髪とライトブラウンの瞳が見えた。

そのことからライオネルがステファニーの体を支えてくれたのだとわかった。

ステファニーはホッと息を吐き出す。

「ステファニー、大丈夫か？」

「は、はい！」

「ネル、いい加減にしろ。ステファニーに謝るんだ」

『グルル～』

『ごめんね、ステファニー』

「ステファニー、怪我はありませんか？」

「いえ、わたしは大丈夫です。ライオネル様が助けてくださいましたから」

ステファニーがそう言って笑うとライオネルはほんのりと頬を赤らめる。

ステファニーが体勢を立て直そうとすると、なぜかネルがライオネルに突進してきた。それにより二人ともバランスを崩して、再び床に倒れ込んでしまう。

「……っ⁉」

「ネルッ、落ち着け」

ネルがライオネルの上に覆いかぶさったことで慌てているのが見えた。

ステファニーの頭がぶつからないようにライオネルが気遣ってくれたようだが、ネルの重みで体が密着してしまう。

セドルも普通のサイズに戻って一生懸命、ネルを引き剥がそうとしている。

ステファニーはライオネルと床に挟まれて身動きが取れずに固まっていると、遠くからブーツの足音が聞こえてくる。

だんだんとこちらに向かってくるではないか。

(このブーツの音はクロヴィス殿下かしら)

ステファニーは、先ほどクロヴィス殿下を迎えに来たと言おうとしていたエドガーの言葉を思い出していた。

「……何をしている？」

クロヴィスがそう言った瞬間、ビリビリと空気が震えたような気がした。

「クロヴィス殿下、これは……！」

「ステファニー、大丈夫か⁉」

クロヴィスはライオネルの下敷きになっているステファニーに気がついたようだ。ネルからシャーッと唸《うな》る声が聞こえた。同時にクロヴィスの声が聞こえたがステファニーから見えはしない。

クロヴィスが現れるとピタリとネルの動きが止まる。

耳がペタリと垂れ下がっているのを見て、ステファニーは怯えているのだろうかと思った。

コツコツとブーツの音がステファニーに近づいてくるのと同時に、セドルがネルを引き剥がす。

それからライオネルがステファニーの上からどいたのが見えた。

ステファニーは固まっていたが、ライオネルの表情がみるみる青ざめていく。

セドルも怒っているのか、体から電気を放出しているようで、ネルの茶色のタテガミが静電気で広がってひどいことになっていく。

ガイはエドガーの服の中に入って身を隠してしまった。

ステファニーが起き上がろうとすると目の前に差し出される大きな手。

クロヴィスの蜂蜜色の瞳と目が合うが、いつもより表情が硬く焦っているようにも見える。

（クロヴィス殿下、どうしたのかしら……）

クロヴィスの手を掴み腕を引かれて立ち上がると、そのままクロヴィスに抱きしめられていた。

「大丈夫か？」

「わ、わたしは大丈夫です」

「……なら、よかった」

クロヴィスはセドルと共にステファニーに怪我がないか、チェックしているようだ。

ステファニーはライオネルにかばってもらったため、どこもぶつけてはいない。

クロヴィスはステファニーが怪我をしてないことがわかると、安心したように小さく息を吐き出す。

そしてステファニーをライオネルから遠ざけるようにステファニーの体を後ろに引いた。

「クロヴィス殿下、ライオネル様が助けてくださいましたので、わたしは大丈夫ですよ？」

ステファニーがそう言うと、クロヴィスは思いきりライオネルを睨みつけている。

ライオネルは肩身が狭そうにネルと抱き合いながら小さくなって震えていた。

エドガーがクロヴィスを宥《なだ》めるように間に入る。

「クロヴィス殿下、落ち着いてください。ネルもわざとではありませんから」

「俺は落ち着いている。だが、ステファニーが怪我をしたらどう責任を取るつもりだ」

そう言ったクロヴィスのステファニーを抱きしめる力が強まった。

ステファニーはクロヴィスにずっと抱きしめられたままでいることに困惑していた。

見かねたエドガーがクロヴィスに問いかける。

「クロヴィス殿下、よろしいでしょうか？」

「なんだ？」

「ステファニーがとても苦しそうですよ？」

エドガーの言葉にクロヴィスの視線がステファニーへ。

ステファニーはクロヴィスを見ると自然と上目遣いになる。

蜂蜜色の瞳と目が合った瞬間にクロヴィスとすごい勢いで離れてしまう。

肩に添えられる手が離れると、クロヴィスの表情は見えなくなってしまった。

（クロヴィス殿下はどうしたのかしら？）

ステファニーがそう思っていると、ライオネルとエドガーがこれでもかと大きく目を見開いているではないか。

セドルだけはニヤニヤしながらクロヴィスに視線を送っている。

そんな時、クロヴィスが咳払いをしてライオネルとエドガーに「行くぞ」と声をかける。

「……行ってくる」

「クロヴィス殿下、セドル、いってらっしゃい！」

『いってきまーす。ステファニー、ボクがいなくても働きすぎちゃダメだよ！』

「ふふっ、わかりました」

ステファニーは呆然として動けないでいた。ライオネルを引きずっていくクロヴィスと、歩いている途中で躓《つまず》いてしまうエドガーを見送る。そして本来の仕事へと取りかかったのだった。

＊　＊　＊

エドガーはクロヴィスと落ち込むライオネルと共に馬車に乗り込んだ。

ライオネルはクロヴィスに怒られたことがショックなのか、体を小さく変化させたネルと共に馬車の壁にもたれて落ち込んでいる。

エドガーは動揺を隠しきれず、咳払いをしながら窓の景色を見ているクロヴィスに声をかける。

「クロヴィス殿下、彼女が新しく雇った使用人でしょうか？」

「……ああ、そうだ」

クロヴィスは静かに答えた。

エドガーもライオネルも、クロヴィスがあまりにもモテすぎるゆえに令嬢たちと距離を置いているのを知っている。

屋敷で働き始めた若い女性の侍女たちが次々にクロヴィスに惚れ込んでしまい、仕事どころではなかったそうだ。

一方ステファニーにはその気配がなく、彼女を雇ってからは安定したのだと、クロヴィスから聞いていた。

まさかエドガーたちもステファニーがあんなにも若い女性だと思っていなかったが。

それにステファニーとライオネルが触れ合っているのを見た時、クロヴィスの表情は恐ろしいものだった。

エドガーは、クロヴィスのステファニーに対する特別な感情にすぐに気がつくことができた。

それは今までクロヴィスの令嬢たちに対する対応をずっと見ていたからだ。

街の女性たちにですら距離があったように思う。

しかしステファニーに対してはどうだろうか。

驚くべきはクロヴィスがステファニーを守ろうとしたこと。

それとライオネルが触れたことに対しての嫉妬心をむき出しにしたことだ。

ステファニーを抱きしめて彼女と見つめ合った後に見えたクロヴィスの表情。

ほんのりと赤く染まる頬は照れているようだった。

今まで目にしたことがないクロヴィスの表情にライオネルとエドガーは驚愕《きょうがく》したのだ。

気になるのは本人が自覚しているのかどうかだ。

エドガーは恐る恐るクロヴィスに問いかける。

「クロヴィス殿下はステファニーのことが好きなのですか？」

「……」

エドガーの問いかけにクロヴィスは何も答えない。

それが答えなのだろう。

「まさかあのクロヴィス殿下に想い人が……ぐふっ⁉」

クロヴィスはライオネルの口元を片手で鷲掴《わしづか》みするように塞いだ。

やはり先ほどの件が尾を引いているのか、ライオネルには冷たいクロヴィス。

口元が歪んでいるライオネルは、何か言葉を発しているが言葉になっていない。

ただ、王太子であるクロヴィスが使用人のステファニーと結ばれるのは難しいだろう。

だからこそ戸惑っているのかもしれない。エドガーがそんなことを考えていると――。

「……言ってしまったんだ」

「え……？」

「ステファニーを雇う時にある条件を出してしまった」

「条件、ですか？」

「ステファニーにどんな条件を？」

そう問いかけると、クロヴィスから予想外の言葉が返ってくる。

「絶対に俺に関心を持たないでほしい……と」

「……っ⁉」

「でなければ解雇すると言ってしまった」

クロヴィスの言葉に大きく目を見開いているライオネル。

つまりクロヴィスに関心を持たないことが雇う条件だと言っていたが、クロヴィス自身がステファニーに好意を寄せてしまったことになる。

「それは……またややこしいことになりそうですね」

「わかっている」

クロヴィスの手が離れたライオネルが静かに頷いている。

どうやら悩んでいる理由はステファニーの身分の壁ではなく、初めに彼女を雇用する時に突き放してしまったことのようだ。

「あんなことを言っておきながら、彼女を好きだと言ったら軽蔑されてしまうだろう？」

「……クロヴィス殿下」

「今さら、どんな顔をして想いを伝えればいいかわからない」

クロヴィスは珍しいくらいに落ち込んでいる。

恋は人を変えるというが、ステファニーの影響はさらに大きいようだ。

その話を聞いたエドガーの答えは決まっていた。

今までクロヴィスが女性に自分から好意を寄せたことはなかった。

そんな彼がやっと運命の相手を見つけたのだ。

いつも国民たちの幸せのために動くクロヴィスだが、エドガーは彼に自身の幸せについても考えてほしいと思っていた。

クロヴィスにステファニーのどこが好きかと問いかけると、どうやら最初は放っておけない存在だったたが、彼女の素直で明るく朗らかな性格に徐々に惹かれていったそうだ。

それから様々なものをプレゼントしていると聞いた。

あのクロヴィスが女性にプレゼントを贈っている……衝撃的な事実にライオネルの口は、今にも顎が外れそうなほど大きく開いている。

「ステファニーはいつもかわいらしい表情でありがとうと、感謝してくれるんだ。彼女を甘やかして、もっと幸せにしたい。願いを叶えて笑っていてほしい」

「……っ」

「そう思ってしまうようになった。やはりこれが恋なのか」

クロヴィスの優しい表情にライオネルとエドガーは言葉が出なかったが、互いに視線を合わせて頷いた。

二人とも思っていることは同じようだ。

クロヴィスの初めての恋を応援したい。

ステファニーは身分違いではあるが、クロヴィスの気持ちを尊重するべきだと思ったからだ。

「クロヴィス殿下、そのお気持ちは伝えた方が……」

「言っただろう？　ステファニーを困らすことにもなる」

やはり最初の条件が尾を引いているようだ。

それに二人の身分が違いすぎるのも後々、大きく響くだろう。

ステファニーが貴族の令嬢だったなら、と思ったところでどうすることもできない。

だが、クロヴィスには幸せになってほしいと思っていた。

「いつものクロヴィス殿下ならば、すぐに動くのではありませんか？」

「そうですよ！　その気持ちはとても大切じゃないですか？　ステファニーだってわかってくれますって！」

「後悔しないように動く、諦めない、クロヴィス殿下はいつもそうしてきました。今回はそんな簡単に手放してしまっていいのですか?」

「大切なのは今だって、オレたちに教えてくれたじゃないですか!」

「……エドガー、ライオネル」

クロヴィスはフッと息を吐き出した。

どうやら二人の気持ちがクロヴィスに伝わったようだ。

「そうだな。こんなところで立ち止まるのは俺らしくない」

「……!」

「ステファニーを守りたい。こんな気持ちになったのは初めてなんだ」

クロヴィスはステファニーのことを考えているのだろうか。

今まで見たことがない表情にこちらまで照れてしまいそうだ。

「それならば次は、積極的にアタックですね!」

「ライオネル……あなたはまた余計なことを」

エドガーは意気揚々と提案するライオネルを止めようとした。

なぜならこれは慎重に動くべきだと思ったからだ。

でなければステファニーが混乱してしまうだろう。クロヴィスを好きになるな、というのを雇用条件にしていたのだから。

エドガーが慎重にするべきだと意見しようとした時だった。

「それもそうだな」

「クロヴィス殿下⁉」

『ステファニーにやっと好きって伝えるの？　ボクも協力するー』

「セドル様まで！」

セドルも嬉しそうにクロヴィスの隣に座っている。

セドルの話を聞いてもわかる通り、やはりクロヴィスはステファニーに特別な感情を抱いているようだ。

「あのー……クロヴィス殿下」

「クロヴィス殿下、こうなったらアタックです。アタック！　だんだんと距離を近づけていって、盛り上がったところで好きだと伝えるといいって妹のオリヴィアが言ってました！」

「……そうか」

ライオネルの知識はまったく当てにならないが、元々女性と距離を置いていたクロヴィスにとっては新鮮味のあるもののようだ。

これもいつものパターンで、こうなってしまえばエドガーの声は届かない。

（どうなることやら……）

エドガーは波乱の予感を感じつつも持ってきた資料を見ていた。

するとそこには予想外のことが書かれていた。

「クロヴィス殿下、チャーリー殿下にずっと付きまとって問題を起こしてばかりいたレベッカ・ヒーズナグルが、姉の婚約者だったジャスパー・ラトパールと婚約したらしいですよ」

「何……？　それは本当か？」

クロヴィスとライオネルの表情が曇る。

レベッカはクロヴィスがもっとも苦手とする令嬢のタイプだからだ。

それに加えてチャーリーに無理やり迫り、オリヴィアや他の令嬢たちに嫌がらせをしていたという。

「あの女……やっとチャーリー殿下を諦めたのか。散々、オリヴィアに嫌がらせをしていたんだ。証拠を掴ませないように狡賢《ずるがしこ》く動くもんだから最悪だったぜ」

「そうか。オリヴィアはやっと落ち着けるな」

「はい、やっとチャーリー殿下と婚約することができたので一安心ですよ！」

チャーリーの婚約者はライオネルの妹、オリヴィア・ヒリスだった。

それにヒーズナグル伯爵が後妻とレベッカを溺愛しているのは有名な話だ。

レベッカが好き放題するたびに、ヒーズナグル伯爵が問題が公になる前にもみ消していたため、なかなか証拠が掴めずに苦労した。

それにレベッカの姉、ステファニーとジャスパーの縁談はバルド公爵が組んだそうだ。

レベッカの姉は母親に似て病弱という理由で社交界にまったく姿を現さない。

噂では守護妖精も弱くランクも最低。

病弱で屋敷に引きこもっていることから、それを揶揄《やゆ》して『芋虫令嬢』と呼ばれていたそうだ。

（もし、ステファニーが貴族だと仮定したら辻褄《つじつま》が合うのではないでしょうか。あの髪色や瞳の色は明らかにバルド公爵家の……）

ヒーズナグル伯爵やレベッカの性格を考えると、なんだかきなくさい。ステファニーに関する話を素直に信じていいものか。クロヴィスやエドガーたちも噂でしかステファニーのことを知らず、子どもの頃から一度も目にしたことはない。

ステファニーは社交デビューもまだ済ませていないからだ。

エドガーは嫌な予感をひしひしと感じていた。

「姉の婚約者……たしか病弱だと聞いたが。まさか姉の婚約者を奪ったのか？」

「レベッカ嬢ならばやりかねませんね」

眉をひそめているクロヴィスに資料を渡していく。

「バルド公爵は動くつもりはないのか？」

「どうでしょう……父上が言っていたのですが、最近、手紙は送っているものの、ステファニー嬢の具合がよくないみたいで、返信は滞っているそうで。前ヒーズナグル伯爵夫人が亡くなってから何度もステファニー嬢と会おうとしているが、うまくタイミングが合わないと聞きました」

「……心配だな」

「バルド公爵からクロヴィス殿下と話したいことがあると手紙がきています」

「わかった。すぐに対応する」

クロヴィスはエドガーの言葉に頷いた。

「それにヒーズナグル伯爵邸で働いていた使用人が次々に辞めているそうですよ」

「使用人だと？」

クロヴィスは顎に手を当てて、何か考え込んでいるようだ。

「ヒーズナグル伯爵家について少し調べてみるか」

＊＊＊

その頃、ヒーズナグル伯爵家では。

「きゃっ……！」

「まったく！　お父様ったら、なんでこんなに使えない使用人ばかり雇ったのかしら」

レベッカは苛立《いらだ》ちから荒く息を吐き出した。

隣では守護妖精のジルが毛を逆立てている。

（あの役立たずがいなくなってからだわ。こんな時までわたくしを不愉快にするのね……！）

ステファニーはヒーズナグル伯爵の前妻の娘だった。

ヒーズナグル伯爵はC級の守護妖精を持つステファニーを恥じて嫌っていた。

レベッカは、彼が『役立たず』と、いつも文句を言っていたことを思い出す。

母親とヒーズナグル伯爵はずっと愛し合っていたのに、ステファニーの母親のアデルがそれを邪魔した。

レベッカにしてみれば、幼少期に母親と市井で隠れて暮らさなければならなかったのも全部、アデルのせいだった。

とはいえ、レベッカは周囲よりもずっと裕福な暮らしをしていて、ヒーズナグル伯爵がいつも会いに来てくれるから寂しくはなかった。

しかし母親は、いつもアデルを恨んでいた。

『アイツがいなければ、わたくしがこんな惨めな思いをすることはなかったのに』

元男爵令嬢だった母親はヒーズナグル伯爵と結婚するために努力して、やっとその直前までこぎつけた。だが、アデルのせいですべての努力が無駄になってしまう。

このままでは終われないと思っていたレベッカの母親だが、レベッカを身ごもった後に一度家を出ることになってしまう。

公爵家の令嬢だったアデルとの結婚は、ヒーズナグル伯爵にとっても嫌なものだったそうだ。

『あんなもの、すぐに捨て去ってしまいたい。あの屋敷でレベッカと早く暮らしたいよ』

そんな言葉を毎日聞いていると、ステファニーたちを恨まずにはいられなかった。

自分が不幸なのはすべてステファニーとアデルのせいなのだと。

レベッカには母親と母親の守護妖精、そしてジルがいたから寂しくはなかったが、ついにアデルが亡くなったと知らせを受けた。そして母親はヒーズナグル伯爵と結婚することになった。

レベッカはその日から貴族の令嬢になったのだ。

ほどなくして、それまでがどれだけ惨めな暮らしをしていたかを思い知ることになる。

母親もヒーズナグル伯爵と三人で暮らせることになって喜んでいた。

そして三人の怒りはすべてステファニーへと向けられていく。

（この子がわたくしを惨めにした元凶ね……！）

何より、銀色の髪とサファイアブルーの瞳を持つステファニーは、レベッカよりも美しかった。それがレベッカの嫉妬心を大きく刺激する。

しかしステファニーが持つ守護妖精は手のひらに乗るほどの大きさの〝芋虫〟だと知った瞬間、レベッカの唇は大きく弧を描いた。

ヒーズナグル伯爵に、貴族社会では守護妖精の存在が何よりも大切だと教わっていたからだ。

レベッカはステファニーが愛されずに、自分が愛される理由がわかってしまった。

A級守護妖精を持つレベッカとC級守護妖精を持つステファニー、どちらが偉いのか一目瞭然だ。

（ああ、だからわたくしが愛されるのね……！）

その日からステファニーは貴族の令嬢でなく、使用人として扱われることになった。それによりレベッカは、自分が平民から本物の貴族の令嬢になったのだと、実感できた。

そこからステファニーはどんどんと落ちぶれていく。

十年経った今、レベッカとステファニーの関係性は真逆となる。

だが、レベッカには一つだけ気に入らないことがあった。

それは、ステファニーに婚約者がいることだ。

彼の名はジャスパー・ラトパール。

レベッカの母親によると、アデルがステファニーを守るためにバルド公爵に頼んで用意した婚約者だ。

レベッカは、ステファニーが自分よりも先に婚約していることが気に入らなかった。

同じ火属性の守護妖精を持つジャスパーはいつも柔らかい笑みを浮かべながら、ステファニーに会いに来ていた。

しかもステファニーをかばい、食べ物を与えているらしい。

(よくこんな女と結婚する気になるわね……馬鹿な男)

彼はステファニーに週に一度は会いに来る。

ヒーズナグル伯爵がジャスパーに口止めをしているからか、ステファニーが使用人扱いされ、働かされていることは周囲にバレていない。

そう思うと、ジャスパーがステファニーのことを本当に好きなのかと疑問が湧いてくる。

(ジャスパー様は芋虫令嬢のステファニーで納得しているのかしら。まぁ、どうでもいいけど)

レベッカは自分に相応しい婚約者を定めていた。

それがチャーリー・デリテ・エドガーファだった。

女嫌いで社交の場に滅多に出てこない第一王子、クロヴィスの代わりに華やかな社交界をまとめているチャーリーは令嬢たちの憧れの的だった。

レベッカはチャーリーの婚約者になりたいとヒーズナグル伯爵に頼んで、華やかで流行りのドレスや宝石を買ってもらっていた。

しかし、それにはレベッカとチャーリーの仲を阻む邪魔者を消さなければならない。

（チャーリー殿下の婚約者になれるのはわたくしだけ。わたくしは選ばれた存在なんだから）

レベッカはチャーリーの婚約者になれるのは自分しかいないと信じて疑わなかった。

邪魔してくる奴《やつ》は容赦せずに退けていく。

自分よりも爵位の高い奴らは陰で動いて見つからないように潰していった。

だが、こんなに努力しているのに、チャーリーはまだレベッカを選んではくれない。

その最大の原因はヒリス公爵家の令嬢、オリヴィア・ヒリスだとわかっていた。

オリヴィアはチャーリーの幼馴染みで、兄のライオネルはクロヴィスの側近だ。王子の婚約者として世間が認める最適の相手といわれるだけに、レベッカにとっては引きずり下ろしたい最強の敵なのだ。

彼女にはレベッカと同じく、A級の猫の守護妖精がいた。

キャラメルのような艶やかな毛並みの長毛の猫でいつもこちらを見下してくる。

同じランクだが実はその中でもさらに順位があり、ジルの力は下の方。つまりB級に近い。

オリヴィアの守護妖精はS級に近いA級だった。

彼女がいるせいでレベッカはチャーリーに選ばれないのだ。

（わたくしの邪魔をするなんて……！　今に見てなさい）

レベッカはヒーズナグル伯爵邸に帰り、ステファニーをこき使ってストレスを発散していた。

惨めに床を這いつくばって掃除をしているステファニーを見るだけで、心が晴れやかになる。

ただその一方では、これだけの扱いを受けてもステファニーが潰れないことが不愉快で仕方なかった。

何の価値もない何もできない守護妖精を大切にしていることもだ。

（本当に馬鹿みたい）

チャーリーがオリヴィアと婚約したことでレベッカは焦っていた。

このままでは社交界でも笑い者にされてしまう。

レベッカは自分がチャーリーの婚約者になれると、絶対の自信を持っていたのだから。

（あのクソ女……絶対に許さないんだからっ）

レベッカも婚約者をすぐにつくればいい。

だけどこの年齢でいい令息にはすべて婚約者がいる。

（早く婚約者をつくらなくちゃ……！　でも一体どうしたら）

そんな時、ジャスパーとステファニーが中庭で話しているのが見えた。

どうやらジャスパーはもう帰るところらしい。

ステファニーがジャスパーを心の支えにしていることをレベッカは知っていた。

（コイツがいなくなればステファニーお姉様をもっと苦しませることができるのに、残念だわ……）

そんな時、レベッカは見てしまったのだ。

ステファニーに背を向けた瞬間、ジャスパーの表情に暗い影が落ちたことを。

レベッカはそれを見て確信した。

ジャスパーはステファニーとの婚約を快く思っていないということを。

その時、レベッカはあることを思いついた。

レベッカの真っ赤な唇が大きな弧を描く。

（そうだわ！　わたくしがジャスパーと結婚してヒーズナグル伯爵家の跡を継げばいいのよ）

そうすればステファニーに嫌がらせもできるし、社交界で笑われることもない。

チャーリーには遠く及ばないが、侯爵家は伯爵家より家格は上だし、火属性のＢ級守護妖精を持つジャスパーはレベッカと相性もいい。

レベッカはヒーズナグル伯爵邸を出たジャスパーに声をかけた。

「ジャスパー様、少しお話したいのだけれどよろしいかしら。もちろんステファニーお姉様には内緒で……ね？」

ジャスパーは大きく目を見開いたが頷いた。

そしてジャスパーの気持ちを確かめるように質問を投げかけていく。

するとレベッカの予想通り、ステファニーに大きな不満を持っていることがわかった。

彼は社交界でも肩身の狭い思いをしているらしい。

けれどバルド公爵が決めた婚約のため、どうにもできないことを嘆いていた。

（この男を利用しましょう！　ステファニーお姉様でなく、わたくしがヒーズナグル伯爵家を継げばいいのよ）

ジャスパーに自分の考えを話していくと、彼はすぐに手のひらを返した。

（あはは！　ステファニーお姉様ってば惨めすぎて笑えるわ）

バルド公爵にバレないように動けば何も問題はない。

幸いステファニーは病弱ということになっている。

十年も社交界に出ていないので忘れられていることだろう。

(社交界にいたとしても〝芋虫令嬢〟として馬鹿にされているでしょうけど)

レベッカの母親はチャーリーがオリヴィアと婚約したことで落ち込んでいたが、ジャスパーとの結婚の話を聞くとすぐに目を輝かせて大賛成だった。

すぐにヒーズナグル伯爵のところへ向かってジャスパーとのことを話していく。

やはり問題はバルド公爵とのことだと語った。

ヒーズナグル伯爵は、ステファニーに会いたいという手紙をよこしてきたバルド公爵に対し、彼女が病弱だからという理由で断り続けていたらしい。

そしてバルド公爵がステファニーに宛てた手紙には、レベッカの母親にステファニーのフリをさせ、『心配しないで』と返事を書かせていたそうだ。

レベッカはそれを聞いて驚いていた。

バルド公爵も直接、ヒーズナグル伯爵邸を何度か訪ねてきたそうだが、それでもステファニーには会わせないようにうまくごまかし続けた。

そして今、バルド公爵は病に臥《ふ》せており引き継ぎの作業などで忙しく、ステファニーのことを気にしている余裕もないとのことだ。

このチャンスを逃すことなく計画を実行することになった。

「ステファニーが病弱ゆえに自分から婚約者をレベッカに譲ったことにすればいい」

「いい案だわ、お父様！　これでわたくしがヒーズナグル伯爵家にいることができるのね」

「ああ、そうだ。愛おしい娘にはそばにいてほしいと思っていたんだ」

「ウフフ、嬉しい……！」

そしてレベッカはステファニーから何もかもを奪い取った。

今回は心の支えであるジャスパーを失ったことでダメージは大きかったようだ。

ボロボロになって倒れ込んで泣いているステファニーを見ているとゾクゾクした。

予想外だったのはステファニーが出ていってしまったこと。

ヒーズナグル伯爵はステファニーを死んだことにしようと言った。

ステファニーは追い出された挙句、この世に存在しないことにされるそうだ。

レベッカの母親は心底、満足そうに笑っていた。

邪魔者が消えてレベッカも大満足だ。

すぐに「許して」と泣きすがりながら帰ってくると思っていたレベッカだったが、数日経ってもステファニーがヒーズナグル伯爵邸に戻ってくることはなかった。

金すらも持たずにどこに行ったのだろうか。

ステファニーは狭い屋根裏部屋に暮らし、元々何も持っていなかったのだ。

レベッカは嫌がらせとしてステファニーの大切なものをすべて壊していた。

それにレベッカの母親もまた、アデルのものをすべて燃やし尽くしていたので、ステファニーは自身の母親の形見さえも持っていない。

ヒーズナグル伯爵はステファニーのことを「どこかで野垂れ死んだだろう」と冷たく言い放った。

二週間経ってもステファニーは戻ることがなかったので、バルド公爵にステファニーが病で死んだと手紙を出す。

その際、本人の希望で家族だけで葬式をしたことも……。

バルド公爵からは返事がくることはない。

ステファニーの訃報を知り、バルド公爵は気落ちしていると公子から返信がきただけだった。

ステファニーがいなくなり清々していたレベッカだったが、次第に屋敷が汚れていき掃除の粗が目立つようになる。

ヒーズナグル伯爵の守護妖精、バルが暴れて煤だらけにした床もそのままになっていた。

日々の掃除も洗濯も追いつかず、家は汚れて洗濯物はたまっていくばかり。

今日もヒーズナグル伯爵邸にはヒーズナグル伯爵とレベッカの母親の怒号が響いていた。

侍女たちのすすり泣く声が聞こえる。

レベッカもあまりにもモタモタしている侍女に苛立ち、いつもステファニーにするように火傷を負わせたことがあった。

この国では魔法を持たない者を傷つけると重い罰が与えられてしまう。

なんとかヒーズナグル伯爵に口封じをしてもらったが、母親もレベッカと同じようなことを繰り返していた。

ステファニーが出ていってから一カ月半、不幸なことが起こり始めた。

軌道に乗り始めていたヒーズナグル伯爵の新しい事業が急に失敗してしまった。

そのため、レベッカの母親は夫人会で馬鹿にされて苛立っていて、ひどいありさまだ。

レベッカもお茶会やパーティーに呼ばれなくなり、ジャスパーとの関係もうまくいっていない。

その上、領地には雨が降り続き、作物が取れないことで今年は税を低くしてくれと領民から申し出がきた。

さらには、ヒーズナグル伯爵邸で働く使用人たちが次々と辞めていったことで、屋敷は荒れていく。

（おかしい……！　こんなはずじゃなかったのにっ）

ヒーズナグル伯爵は事業をなんとか立て直そうと、連日奔走していた。

母親は屋敷の使用人たちを傷つけては口止めする、それの繰り返し。

誰かが情報を漏らしたのか、使用人たちがささやく悪い噂を聞きつけたのか、騎士がヒーズナグル伯爵家に調査に来る始末。

母親はなんとかごまかしていたが、苦しい状態が続いていた。

ヒーズナグル伯爵家は、ステファニーが家を出て二カ月も経たないうちにボロボロになっていた。

レベッカはそんな屋敷にいるのが嫌でジャスパーと外に出かけてばかりいた。

ジャスパーは最初は言うことを聞いてくれていたのに、最近では『いい加減にしてくれ』『今度は何を買うつもりだ？』と苦言を呈すようになる。

（何よ！　チャーリー殿下の足元にも及ばないくせにっ）

ジャスパーはレベッカに文句ばかり言ってくるため、口喧嘩《くちげんか》が絶えなくなっていく。

「こんなことならステファニーの方がよかった」

ジャスパーがポツリとこぼしたこの言葉にレベッカの中でプツリと何かが切れた。

「このわたくしと婚約できただけありがたいと思いなさいよ！　守護妖精も格下のくせにっ」

その言葉にジャスパーも怒りを露《あら》わにする。

「君のそういうところが嫌なんだ。チャーリー殿下に選ばれるわけがないな」

「なっ、なんですって⁉」

「本当……レベッカ嬢は噂通りだな。傲慢で自信過剰、伯爵令嬢ごときが調子に乗るなよ」

「……っ！」

「これだから頭の悪い女は嫌なんだ。ステファニーの方が従順で扱いやすかった。乗り換えたのは失敗だったな」

いつもにこやかに笑っていたジャスパーの裏の顔を見たような気がした。

レベッカはドレスの裾を掴んで悔しさから肩を震わせていた。

「お父様に言いつけてやるんだから！」

「別に構わない。そしたら今までステファニーにしていた扱いをバルド公爵家にバラして、使用人を魔法で傷つけたことも王家に報告してやる」

「なっ……！」

「ヒーズナグル伯爵家は終わりだ。君も平民に戻りたくないだろう？」

レベッカは守護妖精のランクが高いからと優位に立ったつもりでいたが、ジャスパーは侯爵家の次男で爵位も上だ。

レベッカはジャスパーに言い返す言葉が見つからなかった。

しかしそれをバラされて困るのはジャスパーも同じではないだろうか。

今までステファニーの冷遇を十年間も見ていたくせに黙っていた。

「あ、あなただってステファニーお姉様を救おうとしなかったじゃない！　それがバルド公爵にバレたら……っ」

「僕はちゃんとステファニーのために動いていたじゃないか。それは辞めていった使用人たちだって見ている。どうとでも言い訳できるんだよ。馬鹿な奴だな」

「……っ、うるさい！」

レベッカは手のひらを握り込んで泣きそうになるのを耐えていた。

ジャスパーは「今後、勝手なことを言うなよ？」と言って歩きだす。

レベッカがジャスパーの本性をバラせばヒーズナグル伯爵家は……。

（最悪っ、最悪……！　すべてステファニーお姉様のせいよっ！）

ステファニーが出ていってから、すべてが崩れていっているような気がした。

三章　訪れる変化

ライオネルとエドガーが訪ねてきてからすぐのこと。

ステファニーは、クロヴィスの様子がいつもと違い、おかしいことに気づく。

ある時は……。

『今日はステファニーが好きそうなお菓子を買ってきたいんだが』

『わぁ……！　ありがとうございます』

『よければステファニーの好みを教えてくれ』

『……え？』

『チョコレートか？　やはりまたタルトがいいだろうか』

『クロヴィス殿下……もしかしたらお疲れですか？　甘いものが食べたいのならシェフに頼んできます！』

『いや、そういうわけではない』

『言いづらい時はわたしに言ってください！　わたしも甘いもの、大好きですからっ』

『…………』

またある時は……。

『ステファニー、今日は少し話をしないか？』

『え……？』

『できれば二人きりがいいのだが……』

『何か不備がありましたでしょうか？　わたしにいけないことがあったら直しますので！』

『いや、違う』

『クロヴィス殿下、もしかして悩みがあるのでしょうか？』

『は……？』

『お手伝いできることがあれば、いつでも言ってください！』

『……ありがとう』

と、こんな様子である。

なぜかクロヴィスから視線を感じていたし、こうして話したとしても最後には不満そうに背を向ける。

何か悩んでいる様子もあるのだが、異性で使用人のステファニーには解決が難しいのかと思い、トーマスや他の使用人たちに「クロヴィス殿下を助けてあげてください」とお願いするものの困った顔をされてしまう。

「これは……ステファニーに気持ちがまったく伝わっていませんね」

「え……？」

「ステファニーは想像以上の鈍さだな。これではいつまで経っても何も伝わらないかもしれない」

「……？」

「あの条件を出したことで、さらに気づきづらくなっているのではないか？」

ステファニーは皆が何を話しているのか内容がわからずに、一人で会話から置いてけぼりである。

（皆さんはクロヴィス殿下の悩みを知っているのかしら）

ステファニーが首をかしげていると、どうやらこの件をクロヴィスに直接伝えてくれると聞いて安心していた。

これでいつものクロヴィスに戻ってくれると安心していたのだが、またまたステファニーに予想外のことが起こる。

ステファニーはお気に入りの中庭で休憩していた。色とりどりの花が咲いている花壇を眺めていると自然と心が落ち着いた。そんな時、クロヴィスに名前を呼ばれてステファニーは肩を揺らした。返事をすると、クロヴィスはこちらに近づいてくる。

しかし言葉を待っていてもクロヴィスは何も言うことはない。ステファニーは痺《しび》れを切らしてクロヴィスの名前を呼ぶ。

「クロヴィス殿下？」

クロヴィスはステファニーを真っ直ぐ見つめながら答えた。

「正直に言う。ステファニー、君のことが気になっている」

「……えっと、ちゃんとご飯は食べています！」

「そういうことではない」

「どういうことでしょうか？」

「異性として気になっているという意味だ」

「……っ⁉」

ステファニーはクロヴィスからそう言われたのだが、まったく理解が追いつかずにごまかすように笑うことしかできなかった。

「だからステファニー……」

「しっ、失礼いたします！」

ステファニーはその場を逃げ出してしまった。

それからクロヴィスを避けていたのだが、屋敷で働くステファニーがクロヴィスから逃れられるはずもない。

最初は気のせいかもしれないと思っていたが、明らかにステファニーの前だけで優しくなるクロヴィスに大きな違和感を覚えていた。

とにかくステファニーに優しい、というよりは甘いのだ。

ステファニーは迫ってくるクロヴィスにどう対応していいかわからずに戸惑っていた。

（異性としてってことは、恋とかそういう……？　いやでも雇う時の条件があるからそんなわけないわよね。でもクロヴィス様の甘い態度はもしかして。でも……もう～！）

しかしクロヴィスに触れられたり、優しくされたりすると胸がドキドキするし頬が熱くなる。

こんなことを相談できる人もおらず、リディに話して自問自答する日々。

（クロヴィス殿下、急にどうしちゃったのかしら……）

ステファニーはクロヴィスの行動に振り回されていた。

そんなステファニーの悩みを知ってか知らずかクロヴィスは迫ってくる。

「ステファニー、一緒にお茶をしないか？」

「わ、わたしとですか？」

「ああ、たまにはゆっくり話そう」

ステファニーもクロヴィスの誘いを断ることはできずに一緒にお茶をすることになる。

ステファニーはクロヴィスに連れられ、いつもピカピカに掃除している来客用のサロンに移動する。大きな窓から自然光が入り、お昼前の室内には爽やかで心地いい空気が漂っている。

クロヴィスと向かい合わせで席に着く。

セドルが嬉しそうにクロヴィスと共にステファニーのために選んだというお菓子をテーブルに並べていく。

セドルもなぜか積極的にクロヴィスのことをすすめてくるようになった。

しかし最初は警戒していてもクロヴィスと話すのはとても楽しいことだった。

十年間、外の世界を知らないステファニーにとって新しいことの連続だ。

いつの間にかクロヴィスの話に夢中になって次はと話を強請《ねだ》ってしまう。

「そうなのですね、初めて知りました」

「……ああ」

そしてセドルが来たことで守護妖精の話へと移る。

ステファニーはさりげなく気になっていたことを聞いてみることにした。

「セドルはクロヴィス殿下が生まれた時からその姿だったのですか？」

『うん、そうだよ。クロヴィスの乳母たちはクロヴィスに触るとビリビリするから大変って言ってたよね』

セドルの返事を聞いて、やっぱりリディはアデルの守護妖精のスカイのように蝶にはなれずに、ずっと芋虫のままなのかもしれないと思った。

それでもステファニーはリディは芋虫のままでもいいと思っていた。

リディのそばにいて自分が守っていきたいと強く思うのだ。

（リディはリディだもの……！）

それからクロヴィスの力が強すぎることで様々な苦労があったそうだ。

クロヴィスが幼い頃、セドルが他の守護妖精と姿形が違うことを令息に馬鹿にされたことがあった。クロヴィスが怒った瞬間、落雷が降り注いで城の一部が破壊されたこともあったらしい。幸い、怪我人はなかったらしいがクロヴィスの力の強さが広く知れ渡る出来事だった。歴代最強の国王になるのではと期待で貴族たちからの縁談も山のようにくるようになった。令嬢たちはクロヴィスの心を射止めようとガツガツとアピールしてくる。そんな出来事もクロヴィスの女嫌いに拍車がかかってしまったようだ。

（力が強すぎるのも大変なのね）

そんな時、セドルがあることを口にする。

『クロヴィスはもしボクがさ、小さくてランクの低い守護妖精だったらどうしてた？』

セドルがそう言うとクロヴィスは笑顔で答えた。

「小さな守護妖精でもランクが低くても構わない。セドルは俺のかけがえのないパートナーだ」

「……っ！」

『やっぱりクロヴィスはクロヴィスだね』

「ああ、大切なのは自分にとって守護妖精がどんな存在なのかだ。俺はそう思っている」

『そっか。なんだか安心しちゃった』

「今、父上にも守護妖精をランクで分けるのを撤廃しないかと提案しているんだ。力が強いからといって偉いわけじゃないからな。彼らは俺たちを支え守ってくれる、かけがえのない存在なんだ」

クロヴィスの言葉がじんわりとステファニーの心に染みていく。

今までヒーズナグル伯爵たちにずっとリディを馬鹿にされていた。

ランクが低く、何の力を持っていないリディ。

けれどクロヴィスはそんなリディを真正面から肯定してくれた。

『ステファニー、見た目やランクなんかで騙されてはダメ。周りがなんて言ったとしても、あなたもリディもとても素晴らしいのよ』

ステファニーはクロヴィスの言葉を聞いて母親のアデルの言葉を思い出していた。

『リディを最後まで信じてあげてほしいの』

(お母様、わたしはリディを最後まで守ってみせるから)

ステファニーの目から無意識にポロリと涙がこぼれ落ちていく。

それほどクロヴィスの言葉が嬉しいと感じていた。

それにはクロヴィスもセドルも驚いている。

ステファニーは慌てて涙を拭って何事もないように笑みを浮かべた。

しかしクロヴィスはステファニーを心配しているのか表情が硬くなる。

セドルも小さくなるとステファニーの肩に乗って慰めるように体を寄せた。

ステファニーはセドルの気持ちが嬉しくて頬を寄せた。

『ステファニー、大丈夫？』

「セドルとクロヴィス殿下の絆《きずな》に感動してしまったんです。気にしないでください」

クロヴィスが立ち上がり、セドルが寄り添っている反対側の頬に手を置いた。

ステファニーの流した涙をなぞりながら親指をすべらせた。

蜂蜜色の瞳にはステファニーが映っている。

優しい表情でステファニーを見つめているクロヴィスに問いかける。

「クロヴィス殿下、どうかしましたか？」

「ステファニーにはいつも笑顔でいてほしいと思っている」

「……え？」

「俺は君の笑顔が好きなんだ」

ステファニーの心臓が爆発してしまいそうなくらい脈打っていた。今までに感じたことのない気持ちが込み上げてくる。

（わたし……クロヴィス殿下のことが）

そんな時、ノックの音が響き、ステファニーはハッとしてクロヴィスから距離をとる。

ライオネルとエドガーが迎えに来たと、トーマスが知らせに来たのだ。

（いけない……！　もう休憩時間は過ぎているのに）

ステファニーはクロヴィスに謝りながらも自分の仕事に戻る。

他の使用人たちも気にしなくていいとは言ってくれるものの、それではステファニーの気が済まない。

（雇われている身なのだからしっかり働かなくちゃ！）

クロヴィスへ傾きつつある気持ちをごまかしながら、ステファニーは必死に床を磨き続けていた。おかげで床はピカピカになり、皆からこれまでに見たことがない輝きだと褒めてもらった。

その日、ステファニーは自室に帰った後に、青い薔薇の小物入れでゴロゴロしながら遊んでいるリディに声をかける。

「ねぇ、リディ……クロヴィス殿下はどうしてしまったのかしら」

リディはステファニーの話を聞こうとしているのか頭の方を持ち上げる。

ステファニーはリディを手のひらにのせてから頭を撫でた。

「元から優しかったけど、今はなんだか恋人みたいに……ってそんなわけないわよね！　相手はこの国の王太子だもの！」

ステファニーは気のせいだと首を横に振る。

クロヴィスが誰に対しても優しいことは今まで一緒にいてわかっている。

けれど最近では自分が特別なのではないかと勘違いしてしまいそうになるのだ。

（……わたしだけじゃないわ。クロヴィス殿下は皆に優しいもの！）

クロヴィスの様子が変わって二週間、ステファニーはクロヴィスを避けていた。

なぜならばこれ以上、一緒にいたらクロヴィスのことを好きになってしまいそうだったからだ。

（わたしはクロヴィス殿下に試されているんだわ！）

そう思い、これ以上クロヴィスのことを好きにならないようにと耐えていた。

セドルにもクロヴィスのことをどうして避けるのかと問われたが、答えられるはずがないのだ。

クロヴィスに申し訳ないと思いつつも、顔を合わせると顔が真っ赤になってしまう。

そうしたらステファニーの気持ちがバレてしまうではないか。

（クロヴィス殿下のことを好きになったらいけないのよ！）

　そんなある日の夕方、ステファニーが仕事を終えて自室へと戻ろうと足を進めている時だった。

（今日もリディにたっぷりと水をあげなくちゃ……！）

　ヒーズナグル伯爵邸にいる時は大きめなスプーン一杯分ほどしか飲まなかったリディだが、この屋敷に来てからはカップ半分、そして一杯、二杯とどんどん量が増えていく。

　近頃、リディはウォーターポットに入っている水をすべて飲み干すほどだった。

　皆に「ステファニーはそんなに喉が乾いているのか？」と、不思議がられながらもステファニーはウォーターポットを運んでいた。

　しかし部屋の前に寄りかかるようにして立っていたのはクロヴィスだった。今日彼は城へと出かけ、帰ってくるのが遅いはずだった。

　ステファニーはクロヴィスの姿を見てピタリと足を止めた。

　クロヴィスはステファニーに気づいたのか、体を起こしてこちらに向かって歩いてくる。

「……ステファニー」

「ク、クロヴィス殿下？」

「君に聞いてほしいことがあるんだ」

「なんでしょうか」

「最初の時に言った条件のことだ。そのことなんだが……」

クロヴィスが言っていた最初の条件。

それはここに雇われる時に言われた〝クロヴィスに関心を寄せてはいけない〟というものだとすぐに理解した。

そしてあることが頭をよぎる。

脳内に浮かんだ『解雇』の文字。クロヴィスに傾きつつある気持ちがバレてしまっているのではないかと思ったからだ。

ステファニーは慌てて口を開く。

「わ、わたし、約束は守りますから心配しないでくださいっ！」

「……!?」

「クロヴィス殿下のこと、ちゃんと好きじゃないですから！」

ステファニーはそのままクロヴィスの横を走り抜けて自室へと逃げ込むようにして入る。

「待ってくれ、ステファニー！」

扉の外から名前を呼ぶ声がしたが、しばらくすると聞こえなくなった。

ステファニーはホッと息を吐き出した。

雇い主のクロヴィスに対して失礼なことをしているとわかっていた。

そんな時、クロヴィスから扉越しに声がかかる。

「疲れている時に悪かった」

「いえ……」

「今度の休みでいいんだが、ステファニーにゆっくりと話を聞いてほしい」

「……は、はい！　わかりました」

真剣な声でそう言ったクロヴィスにステファニーは、かしこまって返事をした。

最近、クロヴィスを意図的に避けてしまっている。

先ほどのクロヴィスの話の続きを聞いてしまえば、もうここにはいられないのかもしれないと思った。

ステファニーはクロヴィスの足音が遠のいていくのを聞いていた。

(もし解雇されるとしても、こんな態度はクロヴィス殿下に失礼だわ)

ステファニーはじんわりと滲む涙を拭ってから反省するように気合いを入れた。

このままではいけないと思いつつ、ウォーターポットを持ってリディがいる青薔薇の小物入れへ向かう。

いつもはステファニーが部屋に入れば水が欲しいのか、リディが水を飲む時に使う真っ白で花が描かれている浅い容器の中に入るリディだが、今回は容器の中に移動することはない。

不思議に思ったステファニーはリディの名前を呼ぶ。

「……リディ？」

しかしリディは動く様子はない。

ステファニーはテーブルにウォーターポットを置いて、リディがいる小物入れを覗き込む。

（嘘……！　リディがいない）

焦りからステファニーは部屋中にリディがいないか捜し回るが、ベッドの下にもクローゼットの中にもリディの姿はない。

以前まではステファニーのポケットに入って一緒に過ごしていたが、ここ二日ほどはリディが動くことなく部屋にいたがったため、そのままにしていた。

ヒーズナグル伯爵邸でも暑い日などは部屋にいることも多かったが、今は肌寒い季節だ。

こんなふうにステファニーに何も言わずにいなくなることなど今まで一度もなかった。

「リディ、どこなの？　お願い、出てきて！」

名前を呼んでもリディの気配がない。

ステファニーがリディがいた小物入れに再び視線を送ると、ガラスでできてる青薔薇の下、透き通る緑の茎の部分に青い塊が見えた。

「これって……」

ステファニーは小物入れに駆け寄った。

わずかに感じるリディの気配。

しかし名前を呼んでもピクリとも動かなくなってしまったリディの姿があった。

触れようとも思ったが、ステファニーは怖くなりそれができない。

震える指を伸ばして体に触れるが、いつものふにふにとした柔らかい感触は消えており、カチリと固いものが当たる感覚がした。

（リ、リディが病気に……⁉）

ステファニーはリディの様子を見ながら一晩中考えていた。

もしリディに何かあったらと思うと気が気ではないが、ステファニーにはどうすることもできない。

朝日が昇ると、またリディの体が乾燥していることに気づく。

(誰か、何か知っている人が……どうしましょう)

ステファニーがいつもの時間に起きてこないからかセドルが朝食ができたと呼びに来てくれたようだ。

ステファニーは迷ったが、リディをそのままに着替えて外に出た。

リディが心配で朝食も喉を通らない。

他の使用人も、ステファニーのいつもとは違う、元気がない様子と目の下の隈《くま》に驚いている。

ステファニーはごまかすように「大丈夫です」と言って、なんとか取り繕って業務に入る。

昼の休憩時間もリディの様子を見に行くが、リディはその場でピクリとも動くことなくステファニーの呼びかけに反応することはない。

ステファニーはその様子を見て、午後の仕事を終えたらすぐにリディを持って出かけることを決めた。

クロヴィスの側近のエドガーの生家、シールズ侯爵家は守護妖精の研究などを行なっているそうだ。

この間、エドガーとライオネルと少し話した時に聞いた話を思い出したのだ。

ステファニーはどうにか正体がバレないようにしつつ、シールズ侯爵邸に突撃するしかないと思い立った。

幸い、この屋敷から馬車で十五分ほどの場所らしいので、徒歩だと三十分ぐらいでたどり着けるはずだ。

仕事が終わったステファニーはリディがいる小物入れを持って周りから見えないように布をかけた。

ステファニーは素早く上着を羽織ってから部屋を飛び出した。

もうすぐ夕食の時間だということも忘れて、ステファニーは玄関に向かって走っていく。

その途中でステファニーは廊下にいるセドルと顔を合わせた。

『ステファニー、夕食ができたって呼びに来たんだけど』

「ごめんなさい……っ！」

『こんな時間にどこに行くの？　ステファニー⁉』

どこに行くのかを問いかけられても、リディがどうにかなってしまうかもと焦るステファニーに答えている余裕はなかった。

外は薄暗くなりつつあるが、ステファニーはリディを持って玄関を飛び出していく。

セドルがステファニーを呼ぶ声に応えることなく街へと向かう。

(たしか……こっちの方向だって言っていたはず)

リディが動かなくなってから丸一日が経過していた。

どんどんと硬くなっていくリディをもう見ていられない。

もし手遅れになってしまったら……その考えがステファニーをさらに追い詰めていく。

しかし三十分経ってもシールズ侯爵家の屋敷は見えない。

ステファニーは街の中で迷子になってしまったようだ。

そういえば、これまでに街を歩いたのは、まだ一度しかなかったなと思い出す。クロヴィスと一緒に出かけたあの時だけだ。

やがて右も左もわからずにステファニーは呆然とその場に立ち尽くした。

もはや元いた屋敷に帰ることもできない。

こんな時、どうすればいいのかわからなかった。

なぜ、自分はこんなにも何もできないのかと悔しさが込み上げてくる。

（リディ……ごめんなさい）

いつの間にか外は真っ暗になってしまったようだ。

ステファニーは建物の隙間にと移動する。

ステファニーはリディを守るように抱えてからその場に座り込んだ。

今になって屋敷を出ていく時に何も言っていないことに気づく。

情けなさや不安、色々な感情が混ざっていた。

こんな時、なぜかクロヴィスを思い出す。

「クロヴィス、殿下……」

ポツリと呟いた名前。

リディを守りながら明日までここで隠れながら待つしかない、そう思っていた時だった。

目の前にチカチカした黄金色の光が弾《はじ》けてステファニーの横を駆け抜けていく。

壁の向こうに凄《すさ》まじい速さで光が移動していくのが見えた。

ステファニーは気のせいかと思い目をこするが、やはり暗闇だけで何もない。

（……今の光、何かしら）

クロヴィスとセドルの髪や瞳の色が頭をよぎる。

ステファニーがなんだったのか壁の向こう側を見つめていた時だった。

「――ステファニーッ！」

ステファニーは自分の耳を疑った。

クロヴィスの声が聞こえたような気がしたからだ。

(こんなところにクロヴィス殿下がいるわけないわ)

そう思いつつも、声はどんどんと近づいてくる。

「どこだ、ステファニー！　返事をしてくれ」

『クロヴィス、こっち！　こっちでステファニーがうずくまっているのが見えたんだ』

「ステファニー！」

必死に名前を呼ぶ声にステファニーは立ち上がると、自然と涙がポロポロとあふれ出る。

「……クロヴィス殿下！」

ステファニーは壁の隙間から飛び出すようにして表通りに出た。

呟くように言った言葉だが、クロヴィスとセドルの耳には届いたようだ。

「ステファニー……！」

蜂蜜色の瞳と目が合った。

額に汗を滲ませたクロヴィスがステファニーを思いきり抱きしめた。

クロヴィスに会えた安心感や不安が噴き出して、涙が止まらなかった。

「よかった。セドルから急に出ていったと聞いて心配したんだぞ」

「うぅっ……ごめん、なさぁ」

クロヴィスはステファニーの存在を確かめるようにもう一度強く抱きしめてから体を起こす。どうやら黄金色の光はセドルとクロヴィスの魔法らしい。

街中にクロヴィスが電気を走らせて、セドルが光をたどりステファニーを捜していたそうだ。

そしてステファニーの頬を両手で包み込むようにして触れた後に涙をそっと拭う。

「ステファニー、答えてくれ。なぜ、急に屋敷から出ていったんだ?」

「……っ、それは」

ステファニーは腕の中で抱えているリディのことを思い出す。

本当のことを言ってしまえば屋敷にはいられなくなってしまうと思い、口ごもる。

しかしリディを助けるためならばどうなってもいいと、クロヴィスに助けを求めた。

「クロヴィス殿下、セドル……お願いします。リディを、リディを助けてくださいっ!」

『……リディ？』

「このままだとリディが……っ！」

「ステファニー、落ち着いてくれ」

ステファニーの目からはポロポロと涙が流れていく。

クロヴィスは泣きじゃくるステファニーを宥めながら訳を説明するように求めた。

ステファニーはクロヴィスとセドルの前にリディを見せる。

クロヴィスと共に雑貨店で買ったガラス製の青薔薇の小物入れに見覚えがあったようだ。

「それは……この間、ステファニーが雑貨店で買った小物入れか？」

「ここを見てください」

ステファニーは青薔薇の茎の部分についたリディを指差した。

「……これは？」

「わたしの守護妖精……リディです」

「守護、妖精だと？」

クロヴィスがステファニーに問いかけようとした瞬間、セドルが身を乗り出すようにしてリディを見ている。

『この気配……ステファニーじゃなくてこの子のだったのか』

「セドル、覚えがあるのか？」

『ステファニーに出会った時に不思議な感覚がしたんだ。今までの守護妖精とは少し違う気配がした。とても弱い気配だったから気のせいだと思っていたんだけど……』

どうやらセドルはステファニーと共にいたリディの気配を少なからず感じ取っていたようだ。今までの守護妖精と少し違うというのは、リディが動かなくなったことに関係あるかもしれない。

『でも、前よりも弱くなってる……』

「……っ！」

セドルはリディを見ながらそう呟いた。

ステファニーはシールズ侯爵家に助けを求めようとして屋敷を出たのだと、クロヴィスに説明する。

しかしクロヴィスによると、守護妖精の研究機関は城にあり、シールズ侯爵邸にはないそうだ。

それを聞いたステファニーからすっかりと力が抜けていく。

クロヴィスも、青薔薇にくっついて微動だにしないリディを観察するように見ている。

「聞きたいことはたくさんあるが、まずはリディのことが優先だ。いつからこの状態なんだ?」

「昨日の夜、仕事から戻って水を飲ませようとしたらリディが動かなくなっていて……」

「水を飲ませる? 守護妖精に水を?」

ステファニーはリディが水を飲むことを説明する。

クロヴィスもセドルもそのことに衝撃を受けているようだ。

ステファニーも忘れかけていたが、基本的に守護妖精は何かを口にすることはない。けれど最近、リディはウォーターポットをすべて飲み干すほどだったと説明するとさらに驚いていた。

『こんな小さな体でウォーターポットの水をすべて飲んだの?』

「……はい」

「とりあえずは城に向かおう。すぐにリディの状態を診てもらった方がいいな。セドル、先に城に向かってシールズ侯爵に待っていてもらってくれ」

『了解だよ』

クロヴィスが現状を整理してすぐにセドルに指示を出す。

小さな姿になったセドルは空に消えて飛んでいく。

「ステファニー、俺たちも向かおう」

「はい……ありがとうございます。クロヴィス殿下」

ステファニーはクロヴィスに連れられて屋敷に戻る。

ステファニーを心配してくれていたのか、屋敷の外には使用人たちが心配そうに待っていた。

クロヴィスがトーマスたちに事情を説明していく。

「何か布のようなものはあるか？　小物入れが割れないように大きなものがいい」

「かしこまりました！」

「それからすぐに馬も用意してくれ。セドルは先に城に向かっている。皆は先に休んでいてくれ」

「はい」

クロヴィスは次々と使用人たちに指示を出していく。

（クロヴィス殿下は本当にすごいわ……）

頼りになるクロヴィスの姿を見ながらステファニーは感動を覚えた。

ステファニーが不安にならないようにクロヴィスは「大丈夫か？」と言いながら気遣ってくれる。

そして馬に乗るので肌寒いからと、羽織るものを用意してくれた。

先ほどまで不安で動けなかったステファニーだったが、クロヴィスはすぐに救い出してくれた。

ステファニーは用意してもらった布でリディがいる小物入れを包んで抱えながら馬に乗る。

クロヴィスも慣れた様子で手綱を握ると馬が走り出す。

「ステファニー、すぐに城に着く。安心してくれ」

「……はい！」

城に到着するとセドルが先に報告してくれたおかげなのか、白衣を着た男性たちがクロヴィスを出迎えるように門に立っていた。

セドルの隣にいる緑色の髪と眼鏡をかけた男性を見て、ステファニーはすぐにエドガーの父親であるシールズ侯爵だとわかった。

「シールズ侯爵、ステファニーの守護妖精が昨晩からまったく動かないそうだ。すぐに診てほしい」

「かしこまりました」

ステファニーはクロヴィスの後に続いて長い廊下を抜け、立派な建物へと足を踏み入れた。

布からリディがついた青薔薇のガラス細工を取り出してシールズ侯爵に渡す。

それからリディが水を飲んでいたことを含めて、リディの最近の様子を説明していく。

水をたくさん飲むようになったことや、昨晩からいきなり硬くなり始めて動かなくなったこと。

また、母親は水属性の守護妖精で父親が火属性だと説明していく。

そしてリディは恐らく水属性にもかかわらず元々、何の力も持っていなかったことも……。

それを聞いたクロヴィスが眉をひそめている。ステファニーはリディを救うために様々なことを話していた。

最初はステファニーが嘘を言っているのか疑っている研究員たちもいた。

なぜならリディの行動は前例がないことばかりだからだ。

しかしシールズ侯爵はステファニーの言うことを疑うことなく真剣に話を聞いてくれた。

シールズ侯爵はリディが心配で目に涙を浮かべたステファニーを安心させるように
「大丈夫ですよ。任せてください」と声をかけてくれる。

ステファニーは知らなかったが、主人を置いて守護妖精が消えていなくなるという前例は今までないそうだ。

その話を聞いたステファニーの強張っていた体から力が抜けていく。

「とりあえずは安心だな」

「……はい。よかったです」

それからステファニーは調査が終わるまでクロヴィスと別室で待機することになった。

セドルはリディの様子が気になるのか、そばにいると言ってくれた。

城の侍女がステファニーの前に温かい紅茶を置く。

お礼を言いつつもステファニーの頭の中はリディのことでいっぱいだった。

紅茶に手をつけることなく、カップを見つめていた。

するとクロヴィスが侍女に声をかけて軽食を持ってくるように指示を出す。

しばらく経って、侍女がサンドイッチをステファニーの前に置いた。

クロヴィスを見ると「夕食がまだだったろう？」と優しい言葉が届いた。

ステファニーはクロヴィスの気遣いがとても嬉しかった。

けれど一口口に含んだところで手が止まってしまう。

部屋には重たい沈黙が流れていた。

そんな時、クロヴィスがあることを口にする。

「ステファニー・ヒーズナグル」

「……っ！」

「君はヒーズナグル伯爵家の令嬢だな？」

ステファニーは大きく目を見張る。

捨てたはずの家名をなぜ、クロヴィスが知っているのか。

それがわからずにステファニーはそのことを否定するために小さく首を横に振る。

「まさかとは思ったが、先ほどリディが芋虫だったことや君の話を聞いて確信したんだ」

「ち、違います。ステファニー・ヒーズナグルは死んだんですっ」

必死に訴えかけるがクロヴィスは真剣にこちらを見つめている。

ステファニーは胸元に手を当ててスッと視線を逸らした。

「ステファニー、君は前ヒーズナグル伯爵夫人が亡くなってから使用人のように暮らしてきた。違うか？」

「どうして……」

「だが表では病弱と隠されてきた。そしてレベッカ・ヒーズナグルとジャスパー・ラトパールの婚約を機に屋敷を追い出されてしまった」

ステファニーはスカートの裾を力いっぱい掴む。

まさかこんな形でクロヴィスに正体がバレてしまうとは思っていなかったからだ。

リディのためならば正体を明かしてもいいと思っていたが、複雑な心境に息苦しさを感じていた。

クロヴィスにも嘘をついたことがバレてステファニーを軽蔑することだろう。

「……嘘をついて申し訳ありません」

「ステファニー……」

「わたしはクロヴィス殿下の言う通り、お母様が亡くなってからヒーズナグル伯爵邸で使用人扱いされ暮らしてきました」

母親のことを思い出していた。

ステファニーの目にはじんわりと涙が浮かぶ。

「つらいことを思い出させてすまない。だが必要なことなんだ」

「いいんです。あの日、ヒーズナグル伯爵邸を追い出されて絶望していました。でもセドルとクロヴィス殿下、屋敷の皆さんのおかげで救われたんです」

「……」

「こんなに幸せな日々は初めてだった……本当にクロヴィス殿下には感謝しております」

ステファニーがそう言って頭を下げる。

手の甲にはパタパタと涙が落ちていく。

するとクロヴィスはステファニーが予想もしないことを口にする。

「やはりそうか。そう思うとすべて辻褄《つじつま》が合うな」

「……！」

「ヒーズナグル伯爵家の悪い噂を聞いて色々と調べていたんだ」

ステファニーは首をかしげた。

ヒーズナグル伯爵家の悪い噂とはどんなものなのか、貴族社会にほとんど出たことがないステファニーには見当もつかない。

「バルド公爵はステファニーに会いたがるだろうな」

「え……？」

バルド公爵と聞いて、ステファニーは母親の生家だとすぐに思い出す。

幼い頃にバルド公爵とは何度か顔を合わせたこともあるが、母親が亡くなり使用人扱いされるようになり、表に出なくなってからは会ったことはない。

しかしバルド公爵はステファニーの祖父になる。

「ずっとヒーズナグル伯爵家にいるステファニーのことが心配だったそうだ。何度かステファニーと手紙のやり取りをしたが、最近では返事もなくなってしまったと」

「……手、紙？」

「何度も屋敷を訪れていたそうだ。ステファニーに会いたくて」

「……！」

すべて初耳だった。

もしバルド公爵に会えていたら……そう思うと悔しい限りだ。

（お祖父様は……わたしに会おうとしてくれていたのね）

ヒーズナグル伯爵はステファニーに会わせないようにしていたのだろう。

もしステファニーの扱いがバレたらタダでは済まないとわかっていたから隠したのだ。

「そしてステファニーが病で死んだと聞かされたそうだ。すべてをレベッカに譲ると言って」

「そ、そんな……」

「勝手に葬儀も済ませたことにバルド公爵は疑問に思った。そこで王家にステファニーのことを調べてほしいと依頼があった。ステファニーは本当は病気を患ってなどいないのではないか……と」

クロヴィスの話を聞いてステファニーは衝撃を受けた。

自分が知らないところで何もかもが行われていた。

(信じられない……こんなことって)

バルド公爵の手紙のこともそうだが、自分が母親と同じで社交界では病弱だと言ってごまかしていたことすらステファニーは今日まで知らなかったのだ。

「わ、わたしは……お祖父様と手紙のやり取りをしたことは一度もありません」

「……なんだと？」

「手紙の返事も書いたことはないです。見たことも……」

クロヴィスはステファニーの言葉を聞いて驚いている。

ステファニーも初めて聞く真実にショックを受けるばかりだ。

(きっとお父様がわたしに渡さないようにしたんだわ)

バルド公爵はステファニーを思ってせっかく何通も手紙を書いてくれていたのに、それを読んであげられなかったこと、自分以外の誰かが返事を出して公爵が騙されていたことを思うと、公爵に対して申し訳なく思ってしまう。ステファニーは、バルド公爵の思いを踏みにじったヒーズナグル伯爵に対する憤りを感じていた。

もしバルド公爵と手紙のやり取りができていたらと思うと悔しくてたまらない。

それと同時に自分が見捨てられたわけではなかったと嬉しかった。

「しかしステファニーから手紙は返ってきていたそうだ」

「きっとお父様が誰かに書かせたのではないでしょうか……」

クロヴィスはぐしゃりと自分の髪をかいた。

「今すぐにバルド公爵にステファニーの無事を伝えたい。それからヒーズナグル伯爵家を罰しなければ」

「え……?」

「君と初めて出会った時からヒーズナグル伯爵家での扱いを聞いていた。あんな状態まで追い詰められたんだ。許せるわけがないだろう？」

「……クロヴィス殿下」

「君を騙し、虐げて死んだことにした。怒りで頭がおかしくなりそうだ」

「…………」

「それにステファニーにこんなことをしたのが、この国の貴族だということもな。……俺がもっと早く対処できていれば、君を傷つけずにすんだかもしれない。申し訳ない」

ステファニーはクロヴィスが何度も雇い主の名を聞き出そうとしていたことを思い出す。

しかしステファニーは自分が貴族の令嬢だとバレたくなくて、ずっと黙っていたのだ。

クロヴィスの手のひらは爪が食い込み白くなるほど力強く握られている。

ステファニーのためにこんなにも怒ってくれるクロヴィスの気持ちが何よりも嬉しかった。

ステファニーはクロヴィスの拳を両手で包み込むようにして握った。

「あの日、わたしはクロヴィス殿下に救われたんです」

「だが、ステファニー……」

「いいえ、クロヴィス殿下はわたしに居場所をくれました」

それからステファニーは、リディのことや母親が亡くなってからは使用人のように扱われ働かされていたこと、賃金どころか食事も衣類も満足に与えられず、ギリギリの生活をしてきたことをクロヴィスに話した。そんなふうに虐げられてきたのは、守護妖精が水属性で、なおかつランクが低いことが大いに関係していたのだと。

そして、アデルがステファニーを守ろうとジャスパーとの婚約をバルド公爵が頼んでくれたことも。

「わたしは母の言葉を信じてリディと共につらい環境の中でどうにか生きてきました。あの日はジャスパー様が妹のレベッカと婚約することが告げられて……でもリディがわたしに逃げようって誘い出してくれたんです」

「……すまない」

「クロヴィス殿下のせいじゃありませんから！」

クロヴィスはステファニーを抱きしめた。

ステファニーもクロヴィスの背に腕を回して抱きしめ返す。

「もし、わたしのような思いをしている人がいたら、今すぐに救ってあげたい……」
こんなつらい思いは誰にもしてほしくない。そんな気持ちから出た言葉だった。
「守護妖精のせいで肩身の狭い思いをしている子どもたちのために法案をつくってい
る最中なんだ。こんなこと許されるべきではない。守護妖精自体が国の財産だ」
ステファニーはクロヴィスの言葉を聞いて目を見開いた。
クロヴィスはランク制度を撤廃しようと動いているそうだ。
それに彼と話していてどんな守護妖精でも平等に扱ってくれているクロヴィスの考
え方は何よりも嬉しかった。
「嬉しいです。ありがとうございます、クロヴィス殿下」
クロヴィスがステファニーの頬を流れていく涙を拭う。
「無理をして笑わなくていい。つらかったな。もっと早くステファニーを救えたらよ
かった」
眉をひそめるクロヴィスの蜂蜜色の瞳が歪んで見えた。
ステファニーは小さく首を横に振る。
「俺の気持ちがステファニーを困らせてしまったことはわかっていた。あんな条件を
提示しておいて……本当にすまない」

「……？」

「ちゃんと伝えたいと思っていたんだ。俺はステファニーを愛している」

「――っ⁉」

ステファニーはクロヴィスの言葉に大きく目を見開いた。

クロヴィスがステファニーを愛しているという驚きの発言に、頭は真っ白になってしまった。

（クロヴィス殿下が……わたしを愛している？）

「最初は放っておけないと、そう思っていた。だが、辛い環境にいたのにもかかわらず、ひたむきにがんばる姿や可愛らしい笑顔に惹かれていった。俺がステファニーの笑顔を守りたいと思うようになっていったんだ」

「……クロヴィス殿下」

「ステファニーと共にいると楽しくて、心が安らぐ……君が好きなんだ」

そう思うと今までのクロヴィスの違和感ある行動の理由がわかるのではないだろうか。

急にステファニーに迫ってきたのは、ステファニーのことが好きだと思ってくれていたから。

そして最初に提示した条件のせいでステファニーが板挟みになっていると思い、次の休みに説明しようとしてくれていた。

そんな時にステファニーが何も言わずに屋敷を飛び出したから、責任を感じていたそうだ。

（まさかクロヴィス殿下がわたしを好きになってくれるなんて……）

ステファニーは戸惑いを感じたものの、正直とても嬉しかった。

なぜならステファニーもクロヴィスへの気持ちを抑えようと必死だったからだ。

もし自分の気持ちを口に出していいのだとしたら、ステファニーはクロヴィスにこう伝えたい。

「わたしも……クロヴィス殿下のことが好きです」

ステファニーの口からは自然とクロヴィスへの気持ちが告げられる。

「ずっとそう思っていたんですけど、好きになってしまったら解雇されてしまうと思って」

「やはりか。すまない、ステファニー」

クロヴィスは申し訳なさそうにそう言った。

「君は特別なんだ。こうして心から愛おしい女性に出会えるなんて、思ってもみなかった」

「……っ！」

「君も俺のことを好きだと、そう言ってくれて嬉しい。ありがとう、ステファニー」

「い、いえ……クロヴィス殿下は本当にわたしでいいのでしょうか？」

ステファニーの問いかけに、クロヴィスは笑みを浮かべながら答えた。

「もちろんだ。ステファニーがいい。君じゃないとダメだ」

クロヴィスの次々と紡がれるステファニーへの熱い想い。照れてしまい今にも倒れてしまいそうになっていた。

そんな時だった。

遠くから聞こえる複数の足音がこちらに向かってくる。

扉を叩くノックの音。クロヴィスが返事をするとシールズ侯爵が見えた。

青い薔薇のガラス細工を手に持っていて、リディが茎の部分にいる。

何かわかったのかと思い、ステファニーはシールズ侯爵とリディの元に駆け寄った。

「リディについて何かわかりましたか⁉」

ステファニーがシールズ侯爵に問いかけると、彼は眼鏡をカチャリと持ち上げた。

隣にいるセドルも珍しく真剣な表情をしている。

「ああ、それなんだが……恐らく」

「はい……！」

「蛹《さなぎ》になったようだ」

「……………えっ？」

「いたって元気だよ。二週間から三週間ほど経てば、恐らく蝶になって出てくるだろう」

シールズ侯爵はにっこりと微笑みながらそう言った。

大量に水を飲んでいたのも蛹になるために必要だったと推察できると語った。

どうやらシールズ侯爵たちも、こうして姿を段階的に変える守護妖精を見るのは初めてらしい。

「とても珍しいことで今まで見たことがない。今は不安だろうが、リディはきっと美しい蝶になって君の前にまた姿を現してくれるはずだ」

「よ、よかった……」

「安心して見守ってあげなさい」

ステファニーはその場でペタリと座り込んだ。

シールズ侯爵はリディをステファニーへと渡す。

ステファニーは小物入れを受け取って蛹になっているリディを見た。

(またリディに会うことができるのね……!)

母親の守護妖精、スカイのように空をヒラヒラと飛ぶ蝶になってくれるのだと思うと、嬉しくてたまらなかった。

ステファニーは安心感から涙が再びあふれてくる。

そして立ち上がろうとするが、力が抜けてしまい足に力が入らない。

「ステファニー?」

「すみません……リディのことを聞いて安心したら腰が抜けてしまって」

ステファニーが涙を拭いながらヘラリと笑うと目の前に影がかかる。

視界が一気に高くなるのと、クロヴィスの顔が近くに見えた。

「え……?」

「ステファニー、大丈夫か?」

視界が開けるとクロヴィスの逞しい腕が体を支えている。

軽々とステファニーを抱え上げたクロヴィスは優しくベッドに下ろす。

「あ、ありがとうございます!　クロヴィス殿下」

「いや……」

二人で視線を合わせられずに照れている様子を見て、シールズ侯爵は微笑んでいる。

ステファニーも恥ずかしくなり俯くと、手には蛹になったリディの姿がある。

『リディを最後まで信じてあげてほしいの』

ステファニーは優しく微笑む母親の姿を思い出していた。

（お母様はこうなることがわかっていたのかしら……）

そう思わずにはいられなかった。

クロヴィスが微笑んでいる。

セドルは『なんだかリディが嬉しそうだ』と教えてくれた。

クロヴィスはすぐにバルド公爵に連絡を取ると言った。

リディが羽化して落ち着くまでは城に滞在させることになり、シールズ侯爵にもぜひそうしてほしいと言われた。

クロヴィスによって、バルド公爵や国王、城にいる者たちにステファニーのことが伝えられた。

「あら、ステファニー！」

聞き覚えがある声と共にステファニーは後ろを振り向いた。

そこにはステファニーがクロヴィスの屋敷に来たばかりの頃、世話をしてくれたミーシャの姿があった。

「ミーシャさん！」

「フフッ、お久しぶりですわ。今はステファニー様って呼ばないとね」

ステファニーは久しぶりに会うミーシャと抱き合って再会を喜んでいた。

ミーシャは城で侍女長を任されており、侍女たちをまとめているそうだ。

ステファニーの様子を見に行きたかったが、それが叶わない立場だったため、屋敷にいるトーマスからステファニーのことを手紙で聞いていたらしい。

様子をうかがっていたと聞いて温かい気持ちになった。

「見違えるほど美しくなりましたね。頬もふっくらして安心しました」

「クロヴィス殿下や屋敷の皆様によくしていただいて……とても幸せなんです」

「まぁ……！」

ミーシャは手のひらを合わせながら瞳を輝かせている。

今までのステファニーがヒーズナグル伯爵家で受けた仕打ちを聞いたのかミーシャはステファニーを抱きしめてくれた。

そのまま様々なことを話していくうちに緊張がほぐれていく。

トーマスはクロヴィスに合わせて城で暮らすことになるそうで久しぶりに夫婦の時間を過ごせると楽しそうに話してくれた。

「お話できて嬉しかったです。ステファニー様」

「わたしもです。ありがとうございます、ミーシャさん」

「私はいつでも城におりますから。困った時は飛んでいきますわ」

「フフッ、頼りにしています」

次の日にはライオネルやエドガーもステファニーを心配して会いに来てくれた。

そしてステファニーがヒーズナグル伯爵家の令嬢でバルド公爵家の血を引いていることを聞いて心底驚いていた。

蛹になったリディにも興味津々の様子だ。

バルド公爵はステファニーのことを聞いて気力を取り戻したが、体調が安定しないそうだ。

しかしステファニーに会うためにがんばってくれているらしい。

それから城に滞在するステファニーの元にバルド公爵から手紙が二日おきに届くようになる。

内容は自身の体調のことやバルド公爵家の守護妖精のこと。

もし会えたらステファニーのことをたくさん教えてほしいと書いてあった。

ステファニーもすぐにバルド公爵に返事を書いた。

文字の読み書きができて、これほどよかったと思えたことはない。

手紙がくるたびにステファニーはバルド公爵に話したいことが増えていく。

毎日、リディに色んなことを話した。

「お祖父様ったら、早くわたしに会いたいからって、ベッドの上で運動しているんですって！　色々とお話ししてみたい」

まったく動かなくてもリディはステファニーの話を聞いてくれているのだと思った。

「……リディ、早くまたあなたと一緒に過ごしたい」

リディの体の模様はどんどんと広がっている。

シールズ侯爵によると、この模様がすべてを覆い尽くした時にリディは羽化するのではないかと仮説を立てていた。

ステファニーが城に来て二週間が経とうとしていた。

ステファニーには侍女たちがついて貴族の令嬢として扱われることになったのだが、

久しぶりの感覚に焦ってしまう。

貴族の令嬢として侍女たちに世話をされることに慣れることができずに、初めは
『自分のことは自分でやります！』と右往左往していた。

今までずっと働く側だったステファニーにとって違和感でしかない。

ミーシャにも侍女たちに事情を話してもらい少しずつ慣らしていくことになった。

クロヴィスからも『もうステファニーを使用人のように働かせるわけにはいかない』と、これからは貴族の令嬢として振る舞うために練習していたのだが……。

（うっ……ドレスって動きづらいわ）

ステファニーはなるべくシンプルなドレスをとお願いしているが、侍女たちがそれを許さないのだ。

「ステファニー様はこんなにもかわいらしいのですから、自信を持ってください！」

「そうですよ！　着飾らないなんてもったいないことできませんっ」

「で、ですが……」

「今日は髪を艶々にしましょう！」

「それがいいですわ」

毎日ステファニーをピカピカにしては満足そうにしている侍女たち。

断るとすごく悲しそうな顔をされてしまうため、ステファニーはお任せしていたが、次第に自身の大きな見た目の変化に気づく。

毎朝、鏡で見る自分が誰なのか問いかけたくなるほどに。

いつもボサボサで伸ばしっぱなしで簡単にまとめるだけだった銀色の髪には朝と晩につけるオイルで艶が戻り、指通りもなめらかだ。

手入れをしていない肌も、いい匂いがする香油でマッサージを受けるうちに肌が明るくなり、ふっくらしていた。

いつも水仕事でガサガサだった手にも潤いが戻りつつある。

ステファニーは二週間で足先から頭の先まで磨き上げられていた。

「ステファニー様はまるでダイヤの原石のようですね！」

「わ、わたしがですか⁉」

「ええ！　クロヴィス殿下の横に並んでもまったく見劣りしない美しさなんですもの！」

「本当に素晴らしいです！」

「あはは……」

二人の勢いに押されながらもステファニーは苦笑いを浮かべていた。

楽しそうな二人を見ていたら、それでいいと思っていた。

（……綺麗。わたしじゃないみたい）

鏡に映る自分の姿を見て大きな戸惑いはあったが、皆の好意を受け取りながら過ごしていた。

懐かしさを感じつつも、講師たちからマナーや立ち居振る舞いなどを学び始めた。

使用人として掃除もさせてもらえずに暇なのと、リディは蛹のままなのでステファニーは毎日、学びながら過ごす。

城に住んでかわいらしいドレスを着ていると、まるでお姫様になったようだ。

「ステファニー、今大丈夫か？」

マナー講師と挨拶のやり方について学んでいると、クロヴィスがやって来る。

マナー講師は「休憩なさってください」と、深々とお辞儀をして去っていく。

クロヴィスに「少し散歩をしようか」と言われて頷いた。

「クロヴィス殿下、お疲れですか？」

「ああ、久しぶりに城で過ごすと騒がしくて疲れるな」

「ふふっ、屋敷は静かでしたもんね。セドルはどちらに？」

「また研究所にいるリディに会いに行っている」

「リディのところに、ですか?」

「ステファニーがリディの近くにいない時はそばを離れないんだ。まるで護衛のようだとシールズ侯爵に言われていた」

クロヴィスはステファニーの前で腕を曲げる。

エスコートしてくれるのだと気づいて、ステファニーは緊張しつつもクロヴィスの腕に手を添えた。

今までバタバタしていて二人きりになる時間はなかった。

クロヴィスと想いが通じたはずなのに、いまいち実感がない。

うまく言葉が出てこないステファニーと同様にクロヴィスも何も言うことはない。

ただ様子をうかがうために彼を見上げると、ほんのりと赤くなっていることに気づき、ステファニーと同じ気持ちでいてくれるのかもしれないと思い、嬉しかった。

ステファニーはクロヴィスと共に色とりどりの花が咲き誇る中庭に来ていた。

しばらくの沈黙の後、クロヴィスが口を開く。

「……最近、顔を出せなくてすまなかった。何か不便はないか?」

「い、いえ! 皆さん、とてもよくしてくださいますので」

「そうか」

「食事も毎日、とても美味しくて！　今朝もパンを五つも食べてしまいました」

「口に合ったならよかった」

クロヴィスはそう言って優しい笑顔を見せてくれた。

以前はわからなかった一つ一つの表情を強く意識してしまう。

「それからヒーズナグル伯爵家のことなんだが……」

「……！」

ヒーズナグル伯爵家の名前を聞いてステファニーの体が強張っていく。

するとクロヴィスがステファニーの手を重ねるようにして握ってくれた。

肌が触れているところから伝わる温かさ。

ステファニーの体から力が抜けていく。

「大丈夫だ。君は俺が守る」

「……クロヴィス殿下」

ステファニーが頼もしいクロヴィスの言葉に顔を上げると、彼はハッとした後に咳払いをする。

「も、もちろんリディもセドルもな……！」

クロヴィスの顔がほんのりと赤くなったように見えた。

ステファニーはクロヴィスの言葉が嬉しくて笑みを浮かべる。

それからクロヴィスはこの件を国王に報告して、ヒーズナグル伯爵家の責任を追及すると言った。

ステファニーは城で保護していることも……。

「ヒーズナグル伯爵家の元使用人たちを呼び出して証言を集めている」

「元使用人、ですか？」

ステファニーはそれを聞いて、昔、アデルが亡くなった時に辞めていった使用人たちのことを思い浮かべていた。

しかしクロヴィスの話を聞いていくうちに、ステファニーがいなくなってから辞めていった使用人たちのことだと気づく。

「レベッカやヒーズナグル伯爵夫人は元使用人たちに危害を加えていたそうだ。そしてヒーズナグル伯爵はそれを隠蔽しようとした。これが事実ならばステファニーのことを含めてヒーズナグル伯爵家は奪爵されることとなる」

「え……？」

「……元使用人たちはステファニーに申し訳ないことをしたと、謝りたいと言っていた」

「皆さんが、ですか？」

クロヴィスによれば、ステファニーがヒーズナグル伯爵家から受けていた扱いを赤裸々に話したらしい。

あまりにもひどい扱いを受けていたのに、助けることができなかったことを後悔しているとも。

しかし守護妖精がおらず、魔法を持たないヒーズナグル伯爵家の使用人たちに対抗する術はない。

「ステファニーは自分がひどい目に遭っているのにもかかわらず、皆のミスを一身に引き受けていたそうだな」

「……！」

「彼らをかばっていたのだな。それなのにステファニーに何も返せなくて申し訳ないと涙ながらに訴えかけていた。どうか……幸せになってほしいと」

「……っ！」

ステファニーの目からはポロポロと涙があふれてくる。

使用人たちはステファニーほどではないが、ヒーズナグル伯爵夫人やレベッカの命令に苦労していた。

ステファニーはなぜか二人の魔法が効かなかったが、他の人は違う。

火傷を負ってしまうだろうとわかっていた。

これ以上、自分の周りの人が傷つくのを見たくない。

そんな気持ちからステファニーは、細《ささ》やかではあるが自分にできることをしようと思っていたのだ。

(まさかそんなふうに思ってくれていたなんて……)

ステファニーはクロヴィスの手を握り返してから体を寄せた。

元使用人たちには、レベッカかヒーズナグル伯爵夫人につけられた火傷の痕が生々しく残っているそうだ。

それは魔法研究所の人が見て魔力を判別できれば誰がやったか明らかになるそうだ。

「彼らの被害は山のような資料と共にまとめてバルド公爵にも見せた」

「……！」

「君の母親である前ヒーズナグル伯爵夫人の扱いについても明らかになったからな」

バドル公爵はステファニーに危害を加えていたヒーズナグル伯爵家に大激怒。

ヒーズナグル伯爵家には今頃、王家から手紙が届いているそうだ。

そこで初めて事態を知ることになる。

ヒーズナグル伯爵たちは牢に入れられて、守護妖精との契約は強制的に断ち切られてしまう。

そうすれば二度と魔法を使うことはできなくなるそうだ。

今後、ステファニーとも二度と顔を合わせることもないだろうとクロヴィスは語った。

それからレベッカの令嬢たちに対する嫌がらせも露呈した。

ヒーズナグル伯爵家の話を聞いたチャーリーの婚約者、オリヴィア・ヒリスによって明らかにされた。

オリヴィアの呼びかけで次々と令嬢たちが声を上げたのだ。

だがヒーズナグル伯爵領に住む領民のことや諸々の手続きがあるため、一カ月ほど猶予が与えられるそうだ。

それが終わればヒーズナグル伯爵家は完全になくなってしまう。

ステファニーは話を聞きながら驚いていた。

社交界に出ておらず、ヒーズナグル伯爵邸の中での姿しか知らなかったが、レベッカは他の令嬢たちに対しても傍若無人な態度をとり続けていたらしい。

（レベッカと婚約していたジャスパー様はどうなるのかしら……）

そんなステファニーの疑問に答えるようにクロヴィスは口を開いた。

「ステファニーの元婚約者、ジャスパー・ラトパールはどう動くかはわからないが、バルド公爵はなぜ、ステファニーの状況をわかっていながら教えなかったのかと怒りを露わにしている」

「……そう、ですか」

「見捨てていたのと同じだからな。そして一緒にステファニーを追い出して裏切ったんだ」

クロヴィスの手に力がこもっていく。

軽薄な男ということが広まれば彼の居場所はなくなる。

そして虐げられたステファニーを十年もの間、見て見ぬフリをして最後にはレベッカに乗り換えた。

彼と結婚しようと思う令嬢など現れないだろうと語った。

「ヒーズナグル伯爵家がこうなった以上、ジャスパーの居場所もないだろうな」

ステファニーはジャスパーに裏切られたことを思い出す。

だが、ジャスパーがレベッカを選んだおかげで、ステファニーはヒーズナグル伯爵邸を出られたし、クロヴィスと出会うことができた。

今はとても嬉しいし、幸せだと感じている。

(あの人たちの顔を、もう二度と見なくていいのね。なんだか安心する……)

ステファニーは胸元に手を当てた。

そんなステファニーは、バルド公爵家に引き取られることになるそうだ。

その手続きを行なっている最中だと聞いて驚いていた。

まさか今まで使用人として働いてきたステファニーが貴族となり公爵令嬢に。

そしてヒーズナグル伯爵家は奪爵されて貴族ではなくなると聞かされると、なんだか不思議な気分だった。

「わたしがバルド公爵家に……いいんでしょうか?」

「バルド公爵の強い希望だ。バルド公爵家は全員、ステファニーを受け入れることに大賛成だそうだ」

そう言われて嬉しかったのだがステファニーの中では喜びより不安が勝る。

「使用人のように働いていたわたしが公爵令嬢になってもいいのでしょうか」

「もちろんだ。最初は慣れないことばかりだろうが時間が解決してくれるだろう」

「……はい」

「困った時は頼ってくれ。力になる」

「ありがとうございます。クロヴィス殿下」

そう言いつつも漠然とした不安は燻《くすぶ》り続けていた。

クロヴィスはこれから元いた屋敷ではなく、城で暮らした方がいいと語った。

「ヒーズナグル伯爵家がステファニーに何をしてくるかわからない以上、城が一番安全だと思う」

「……！」

「少なくともリディが羽化するまではここにいよう」

「はい……ですがクロヴィス殿下は大丈夫ですか？」

クロヴィスは城での生活が嫌で祖父が残した隠れ家で暮らしていた。

それなのにステファニーの安全を優先してここで暮らすことを選択してくれたことに申し訳なさと共に嬉しさを感じていた。

「ステファニーがいるならば、ここでの生活も悪くはないと思える」

「え……？」

「俺がステファニーしか見ていないからかもしれない。それに君が一緒にいてくれるなら、どこでだって過ごせる気がするんだ」

「……っ⁉」

ステファニーはクロヴィスの言葉を聞いて、脈が速くなるのを感じた。

赤くなってしまった頬を両手で押さえながら俯いた。

「それに……いずれは城で過ごさなければならないからな」

たしかに、王太子であるクロヴィスがずっと街にある隠れ家で暮らすわけにはいかないだろう。

「ステファニーは今までつらい思いをしてきたんだ。ここでゆっくりと過ごしてほしい」

「……はい。ありがとうございます」

クロヴィスの言葉にステファニーは頷いた。一つ一つの言葉や気遣いが、ステファニーの心に染みていく。

それからバルド公爵に会えるのは今日より一週間後となった。

ステファニーの訃報を聞き、すっかりと落ち込んでしまったバルド公爵。

しかしステファニーが生きているということを知り、会いたいという気持ちから気力がよみがえったそうだ。

医師はもうダメだろうと言っていたが、一気に元気を取り戻したバルド公爵に周囲はみんな驚いているらしい。

クロヴィスとそんな話をしながら城の外へと続く庭へ。かわいらしいベンチに二人で腰掛けて談笑していた。するとクロヴィスがステファニーの髪をサラリと撫でた。

彼の蜂蜜色の瞳がステファニーを映し出している。

「ステファニー、君を心から愛している」

「……クロヴィス、殿下」

「一生かけて君を守ると誓う。俺と結婚してほしい」

ステファニーは目を見開いた。

「こんなふうに人を愛おしいと思ったのは、初めてなんだ」

クロヴィスはステファニーの足元にひざまずいてステファニーの手をスッと持ち上げる。

そのまま優雅に唇を寄せる。

ステファニーはクロヴィスから目が離せなかった。

二人を祝福するように風が吹いて、色とりどりの花びらが一気に舞い上がる。

クロヴィスの告白はとても嬉しかった。

心の底から嬉しいはずなのに、ステファニーはクロヴィスに釣り合う自信がない。

（クロヴィス殿下はとても素晴らしくて尊敬できる方……わたしにはもったいないく

らい強くてかっこいい。でもわたしは……？）

クロヴィスの隣に並んで堂々と胸を張って立てるだろうか。

彼は将来、この国の王となる王太子だ。

結婚するとなればステファニーが王妃になるということ。

今のステファニーにはとてもではないが荷が重い。

まだマナーを習い始めたばかりだ。

（今はクロヴィス殿下の隣に立つのに相応しくない……）

ステファニーはクロヴィスの言葉に首を横に振る。

「今のわたしはクロヴィス殿下に相応しくありません」

「……ステファニー」

クロヴィスの悲しげな表情を見ると胸が痛む。

しかし嘘をついて返事をしても苦しむことになる。

こんなにも貴族の令嬢として暮らしていたかったと思うことはない。

（いくら嘆いても過去に戻れない。だからこそ前に進まないと……！）

「でも、わたしは努力してクロヴィス殿下に相応しい人になりたいです！」

「……！」

「だから時間をください！　必ず周りを認めさせるような令嬢になってみせますから、待っててくださいね」

ステファニーはそう言ってニコリと笑みを浮かべた。

今はクロヴィスに相応しくなくても、ステファニーのがんばり次第では追いつくこともできるかもしれない。

「……ありがとう」

「わたしもクロヴィス殿下のこと大好きですから。尊敬しているんです！」

ステファニーの言葉に、クロヴィスは大きく目を見開いてから立ち上がり、ステファニーを抱きしめた。

ステファニーはクロヴィスの背に腕を回しながら名前を呼び問いかけた。

「クロヴィス殿下、どうかしましたか？」

「今すぐにステファニーを俺のものにしてしまいたい」

「……なっ⁉」

「愛している、ステファニー」

ステファニーの顔は真っ赤になっていた。

熱烈な告白に照れてしまい、クロヴィスの顔が見られなかった。

「わ、わたしもです……」

「まぁ、他の男を意識する暇がないくらい、君を愛し続けるつもりだ」

「へ……？」

「ずっと君のことばかり考えている。嫉妬で頭がおかしくなりそうなんだ」

（まさかクロヴィス殿下がこんなことを言ってくださるなんて……信じられないわ）

ステファニーがクロヴィスに迫られてパンク寸前になっていた時だった。

『クロヴィス、積極的だねぇ』

「――っ！」

「セドル……驚かさないでくれ」

ステファニーの背後にひょっこりと顔を出したのはリディを抱えたセドルだった。

セドルはステファニーにリディを渡す。

リディが手に戻ったことでステファニーの心臓は落ち着いていく。

クロヴィスは不機嫌そうだが、セドルが戸惑っていたステファニーを助けてくれたのではないかと思った。

それを裏づけるように、セドルはステファニーに向かってウィンクをする。ステファニーもセドルに向かって唇を動かして『ありがとう』と、伝えた。

セドルがシールズ侯爵から預かった伝言をステファニーへと伝えていく。それはリディに関してのことだった。

『色や形的にも、もうすぐ羽化するんじゃないかって言っていたよ』

「本当ですか⁉」

『うん。リディがどんな姿になるのか楽しみだね』

もうすぐリディに会える……そう思うとステファニーの心は明るくなる。

リディが美しい蝶になり出てくる姿を毎晩想像しては会えることを心待ちにしていた。

「セドル、どうしてリディの近くにいようとするんだ？」

クロヴィスの問いかけにステファニーもセドルに視線を向ける。

たしかにステファニーもセドルがリディのそばにいる理由が気になっていた。

『なんか近くにいた方がいいって気がするんだよね』

「え……？」

『あと〝ステファニーをアタシの代わりに守ってほしい〟って伝えてくるんだ』

「リディが、そう言っているのですか？」

『なんかそんな感じがするんだよね。うまく説明できないけど……最近、リディからとても強い力を感じるからさ』

守護妖精同士、テレパシーのようなものがあるのかとセドルに聞いてみても、普段はそんなことはないそうだ。

けれど、セドルはリディから今まで感じたことがない何かが伝わってくるのだと語った。

『初めてステファニーに出会った時もそうだったかも。守りたい、守って……って感じがした。もしかしてリディの力なのかな』

ステファニーもセドルのようにリディの言いたいことをなんとなく感じ取ることができていたが、はっきりと言葉を交わしたことはない。

後は体の動きからリディの感情を読み取っているだけだった。

しかしそれは他の守護妖精たちも同じで、リディの特有の能力というわけではない。

「リディには何の力もないと言われていたので……」

「そんなことはないはずだ。守護妖精はなんらかの力を持って生まれている」

ランクが上がるほどに使える力が増えていくのだが、C級妖精だとしても力は必ずあるそうだ。

すると考えていたクロヴィスがステファニーを見て不思議そうにしている。

「そういえば、ステファニーはヒーズナグル伯爵邸で働いていた元使用人たちのように火傷を負うことはなかったのか？」

「はい。わたしはあの人たちの力を浴びても特に影響はありませんでした」

「……ふむ」

『ねえ、クロヴィス。そういえばボクたちとこんなに一緒にいるのにステファニーは少しもビリビリしていない。それってさ、おかしくない？』

「たしかにそうだな。普通ならばもう少し反応があるはずだ」

「……？」

ステファニーが首をかしげていると、どうやらクロヴィスの感情が昂《たかぶ》った時やセドルの近くにいる時、多少なりとも痺れるような感覚を覚えることがあると教えてくれた。

しかしステファニーはクロヴィスとセドルのそばにいでも、一度もビリビリと静電気を受けたことはない。

ちなみに側近のライオネルは土属性、エドガーは緑や植物を操る特殊な属性なので電気を通しづらいのだそうだ。

弟のチャーリーも土属性を持っているので雷属性を感じづらいそうなのだが、それでもクロヴィスとセドルの強すぎる力によって影響が出ることがあるらしい。

『リディは水属性なんでしょう？　相性的にはかなり電気を通しやすいと思うんだけど』

「火属性ならまだしも……たしかに気になるな」

「そういえば魔法を使われたとしても、痛みを感じたことはないかもしれません。リディのおかげなのかしら」

「たしかにリディの力だとしたら納得できるな」

「何の力もないからといつも扇子で叩かれたり、嫌がらせを……」

ステファニーがそう言いかけると目の前で金色の光が弾けていく。

「……許せないな」

『本当に信じられない。そんな奴ら、今すぐにビリビリに痺れさせてやりたい』

クロヴィスとセドルが怒っているのだと気づいてステファニーは口を噤《つぐ》む。

たしかに二人の周囲には金色の光が飛び散っているのが確認できる。

ステファニーは金色の光に触れてみてもやはり何も感じないようだ。

それにはクロヴィスもセドルも驚いている。

「もしかしてリディの力は魔法を通さないのではないか？」

「……リディの、力？」

『リディはずっとステファニーのことを守っていたのかな』

セドルはこのことをシールズ侯爵に伝えてくると言って飛んでいってしまった。

クロヴィスと目が合い、再び二人きりなったことで沈黙が流れる。

咳払いしたクロヴィスが話題を振るように口を開く。

「そういえばオリヴィアとお茶をすると聞いたが」

「そうなのです。一週間後、お茶会に呼ばれた時のマナーを学ぶためにオリヴィア様が協力してくださるそうで」

「ヒリス公爵家に行くのか？」

「はい、城からも近いのでちょうどいいのではと」

「……大丈夫か？　無理はしなくてもいい」

貴族の令嬢として、また、クロヴィスの婚約者として認めてもらえるように、がんばっているステファニーの体調を心配してくれているのだろう。

「わたしはクロヴィス殿下の隣にいたいんです。だからがんばりたいんです！」

クロヴィスは困ったように笑いつつ、ステファニーの頬を撫でた。

ステファニーもクロヴィスの気持ちに応えるためにできる限りのことはやりたい。

そう思っていた。

「ステファニー、疲れただろう？　部屋まで送る」

「ありがとうございます」

ステファニーはリディを抱えながらクロヴィスと共に部屋に戻った。

＊　＊　＊

一方、ヒーズナグル伯爵邸では——。

「おかしい……なぜ、こんなことにっ！」

「こんな手紙は嘘でしょう？　嘘だと言ってよっ！　あなたっ！」

「……………もう手遅れだ」

「嫌よ……！　どうにかできないのっ⁉」

「うるさいっ、手遅れだと言っているだろう⁉」

ヒーズナグル伯爵と母親の叫ぶ声が聞こえて、レベッカは眠たい目をこすりながら暗闇の中、廊下を歩いていく。

守護妖精のジルが火で明かりを灯してくれた。

そのまま階段を下りて二人の元へ。

(こんな夜中にうるさいのよ……！　どうせまた使用人のことでしょう?)

使用人は減り続けて、ついには新しい使用人も入ってこなくなってしまったらしい。

ヒーズナグル伯爵と母親は余裕がないのか、最近は喧嘩ばかりでうるさくて仕方ない。

(こんなことなら目障りでもステファニーお姉様を置いておけばよかったわ)

ステファニーがいた頃はこんなに周囲の人を気遣わずに済んだ。

ステファニーに八つ当たりをすればそれで済んだからだ。

魔法で憂さ晴らしをしても傷つかないステファニー。

不気味ではあったが、どうでもよかった。

元使用人たちは何の力もないくせにすぐに泣くし、まるでこちらが悪いことをしているみたいではないか。

「お父様、お母様、こんな時間に何をしているの?」

「……レ、レベッカ」

「終わりよ……」

「もうっ、お父様もお母様もなんなのよ！」

母親は両手で顔を覆ってしまった。

ヒーズナグル伯爵の手に握られている立派な封筒と手紙に気づいて、近づいていく。

彼はお手上げと言わんばかりにテーブルに手紙を置いた。

レベッカはそれを手に取り内容を読み上げていく。

「……え？」

そこには信じられないような内容が書かれていた。

「奪爵……？」

レベッカは目を疑った。

奪爵、つまりは爵位を奪われてしまうということ。

降爵ならばまだわかる。

段階的に見てもそうならないとおかしいはずだ。

レベッカの手紙を持つ手はガタガタと震えていた。

「お父様、これって……本当？　何かの冗談でしょう？」

「…………」

「なんとか言ってよ！　お父様は一体何をしたのよ！」

「理由ならば手紙に書いてある。よく読め、レベッカ」

ヒーズナグル伯爵の声は冷静だったが顔は青ざめていた。

いつからこんなことになっていたのか、言いたいことはたくさんあったがレベッカは手紙を読み進めていく。

そこには信じられない内容が書かれていた。

「ステファニーお姉様が、生きている……？」

一番の驚きはあの日、惨めに屋敷から出ていったステファニーが生きていたということ。

それと今は城で過ごしているという事実が書かれていた。

あろうことか、ステファニーを保護したのは王太子のクロヴィスだった。

(あのクロヴィス殿下とお近づきになったというの⁉)

クロヴィスは社交の場に出ることはほとんどないことはレベッカでも知っていた。

それと女嫌いで城ではない場所に住んでいるという噂だ。

それは彼の容姿が原因だと言われているが、実際に目にした者は少ないので定かではない。

これまで誰もクロヴィスの心を射止めることができなかった。それなのに、レベッカがずっと見下していたあのステファニーが手に入れたというのか。

レベッカの持っていた手紙がグシャリと音を立てる。

顔を上げてヒーズナグル伯爵に問いかけた。

「ア、アイツがクロヴィス殿下に保護されたって……本当なの？」

「王家の紋章が見えないのか？」

「――っ！」

「そのせいでステファニーを使用人のように働かせていたことがバレたんだ。もっともバレてはいけない人物に……っ」

レベッカはすぐにバルド公爵にこのことがバレたのだとわかった。

母親を見ると体を小さくさせて震えている。

唇から微かに「うちも終わりだわ……もう終わりなのよ」と聞こえた。

母親の生家は男爵家、ステファニーの母親、アデルの生家は公爵家だ。

小さく震える母親を見てレベッカは追い詰められているのだと実感する。

バルド公爵の怒りは凄まじいものらしい。

ステファニーはバルド公爵家で受け入れられることが決まっているそうだ。

つまりステファニーは公爵令嬢となりクロヴィスと共に城に滞在している。

レベッカは守護妖精を奪われて貴族ではなくなる。

ヒーズナグル伯爵の手には蝶の家紋の蝋印がチラリと見えた。バルド公爵家のものだ。

（そんな……こんなのって……！）

しかしそれと同時にレベッカの中に沸々と湧き上がる怒り。

今までの腹いせにステファニーが王家やバルド公爵にあることないことを吹き込んでこの事態を引き起こしたのだと思った。

（──あの女っ、絶対に許さないっ！　役立たずの分際でわたくしにこんな思いをさせるなんて）

レベッカは爪が食い込むほどに手のひらを握っていた。

頭の中はステファニーにどう復讐《ふくしゅう》してやればいいか、そのことで頭がいっぱいだった。

「平民どころか、まさか牢に入ることになるとはな！　それもこれもお前たちが好き勝手にしたせいだっ」

「………………は？」

ヒーズナグル伯爵の怒号が部屋いっぱいに響いた。

レベッカの頭は一瞬で真っ白になる。

（牢……牢ってなんなの？）

母親は泣きながら「あなたも同じでしょう⁉」と叫んでいる。

レベッカが説明を求めてわかったのは、どうやらヒーズナグル伯爵邸を辞めていった使用人たちがステファニーのことを証言したらしいということだった。

それには母親も苦い顔をしている。

腕を押さえながら悶《もだ》えている侍女たちの姿が頭をよぎる。

残った魔力を特定したことにより、発覚したらしい。

（黙っていろって言ったのに……っ！）

人に傷つけることに魔法を使えば重罪になってしまう。

しかし隠せさえすればどうにでもなると思っていた……ステファニーをずっと虐げていた時のように。

「辞めていった使用人たちから何もかも筒抜けだっ……クソッ、あの時ステファニーを追い出したりしなければっ」

「……ステファニーお姉様の、せいではないの？」

「一カ月後にはすべての手続きを終えなければならない。クソッ、クソォ……」

テーブルに腕を叩きつけるヒーズナグル伯爵に守護妖精たちが悲しげに鳴いている。

ヒーズナグル伯爵家は一瞬で絶望に突き落とされていた。

なんとか解決策を探そうと提案するものの、王命であることとバルド公爵やステファニーがクロヴィスに気に入られていることで不可能に近いという。

(どうしてわたくしがこんな目に……？　ステファニーお姉様だけ幸せになるなんて許されないわ)

レベッカの頭はステファニーのことでいっぱいだった。

こんな屈辱があっていいはずがない。

——次の日。

ヒーズナグル伯爵はどうにかしなければと母親の生家や親戚中を駆け回って助けてもらう方法を探している。

手紙が届いたのは二日前らしいが、どうにもできない状態まできていた。

母親は部屋で泣き続けている。

使用人の誰かが昨日の会話を盗み聞きしたらしい。

『辞めさせてもらいます』という手紙を残して、ヒーズナグル伯爵邸から出ていってしまったそうだ。

そのため、レベッカは朝から長い髪をとかすのに苦戦していた。

(どうしてわたくしがこんなことをしなくちゃいけないのよ……！)

そんな時、ドアを乱暴に叩く音が響き続けていたが「誰か」と言いかけて、使用人がいないことを思い出す。

誰も軽食や紅茶を運んでこない。

レベッカは水を飲んで置いてあったパンをジルに焼いてもらい食べただけ。

その間もレベッカの心の中の怒りは増幅し続けていた。

仕方なく階段を下りて扉へと向かう。

ジャスパーを見た瞬間、自分だけでも貴族社会で生き残る方法があったと思った。

「ジャスパー様ぁ！」

「……レベッカ」

「待っていたわ。わたくしを迎えに来てくださったのね！　わたくしにはあなたしかいないと思っていたのよ」

レベッカがジャスパーの腕に絡みつくように手を回しても反応はない。

それどころかジャスパーはレベッカを振り払うように腕を上げた。

レベッカはその勢いで尻餅をつく。

「……痛っ！」

「穢《けが》らわしい手で触るな。ったく、使えないどころか貴族として守るべきルールも守れないとはなっ！」

「は……？」

「お前らのせいでこの僕の完璧な計画に傷がついた！　どうしてくれるんだよ⁉」

レベッカの胸元をねじり上げるように掴んだ別人のようなジャスパーに驚いていた。

しかしジルが間に入ったことでレベッカジャスパーから力が抜ける。

ドサリと音を立てて、レベッカはは再び地面に体が投げ出された。

「──ふざけんじゃないわよ！　アンタなんて燃やし尽くしてやるっ」

「それで今度は死刑にでもなるのか？　やってみろよ。無駄だと思うけどな」

「……っ」

ジャスパーの守護妖精は同じ火属性だ。

ジャスパーの守護妖精がいくら格下だとしても、力はほぼ同等なため燃やし尽くすことはできない。

レベッカは目に涙をためながらジャスパーを睨みつけた。

「ヒーズナグル伯爵はどこだ？　話がしたい」

「……出かけたわ」

レベッカはしわしわになったスカートを払って立ち上がる。

「もうあなたは関係ないんでしょう？　笑いに来ただけならさっさと帰ってよ！」

「ステファニーやお前たちのせいで僕の人生は台無しだっ！」

「は……？」

穏やかだったジャスパーの面影はまるでない。

怒りで顔を歪めて噛んでいる唇は今にもちぎれてしまいそうなくらい血が滲んでいる。

「ステファニーが僕のことをバルド公爵や王家に告げ口したからこんなことにっ」

ジャスパーは頭を抱えながらその場に座り込んだ。

どうやら今すぐに責任を取って守護妖精を返還し、ラトパール侯爵邸から出ていけと言われたらしい。

ジャスパーは納得できなかったそうだ。しかしステファニーがバルド公爵に引き取られることやクロヴィスに気に入られていることを考えるとジャスパーの扱いも納得できる。

つまりラトパール侯爵はジャスパーを切り捨てることで責任を取るつもりでいるら

しい。

(偉そうな態度を取っていたってコイツも捨てられたのね。ただの役立たずじゃない)

レベッカは爪をガリガリと噛んだ。

「ステファニーのせいだっ、僕のことを悪く言ったから……」

どうやら詳しい事情を知らないジャスパーは、ステファニーが自分のことを言いつけたのだと決めつけているようだ。

すべてを暴露したのはヒーズナグル伯爵邸で働いていた使用人たちだと聞いたレベッカだったが、ジャスパーはステファニーのせいだと思い込んでいる。彼には誤解させておけばいいと思った。

(よくよく考えたらステファニーお姉様にそんな度胸があるわけないわ。役立たずの芋虫守護妖精と同じで、小さく縮こまっていることしかできないんだもの)

レベッカの唇は大きな弧を描いた。

(このままコイツを騙してステファニーお姉様に復讐するのよ！　それがいいわ)

レベッカは項垂《うなだ》れるジャスパーの肩にそっと手を置いてから声をかける。

「……ひどいわよね。ステファニーお姉様がわたくしたちを恨んでこんなことをするなんて信じられない」

「元はといえばお前たちがっ……！」

「ステファニーお姉様はジャスパー様の施しを十年間も受けていたのに、恩を仇《あだ》で返すなんて」

「……っ！」

「全部ステファニーお姉様のせい。そうでしょう？」

ジャスパーがレベッカの言葉にピクリと反応を返す。

「そうだ！　そもそもステファニーと婚約さえしなければこんなことにはならなかったんだ。ステファニーの奴っ……！」

「ステファニーお姉様はクロヴィス殿下を使ってわたくしたちを追い詰めようとしている。ジャスパー様はステファニーお姉様の婚約者でいてあげたのに……そんなのってひどいと思わない？」

「その通りだ！　なんでステファニーだけっ、ステファニーは幸せになるんだ⁉ずっと僕に救われていたくせにっ、僕を悪く言うなどありえない！」

「許せないわ。自分だけ幸せになろうだなんて」

「ステファニーの分際でっ！」

レベッカはジャスパーが怒りに飲まれていくのを見て笑みを深めた。

ジャスパーの固く握られた拳は白くなっている。

レベッカはジャスパーの手を包み込むように握ってから、ある提案をする。

「ジャスパー様、一緒に復讐しましょうよ？」

「……復讐、だと？」

「このまま泣き寝入りするなんて……嫌でしょう？」

レベッカの言葉にジャスパーの体からフッと力が抜ける。

次第に揺れるジャスパーの肩。

笑っているのだと気づいたレベッカは自分の作戦がうまくいったことを悟る。

(このまま終わらせてやるもんですか……！　何もかも奪ってやるわ)

ジャスパーもレベッカと同じ気持ちなのだろう。

クツクツと喉を鳴らして不気味に笑っている。

「復讐……最高だな！　どうせならアイツも地獄に引きずり込んでやるっ」

「フフッ、それがいいわ」

それからレベッカはジャスパーをヒーズナグル伯爵邸へと招き入れた。

そこでレベッカはジャスパーから新たな情報を手にする。

今から一週間後にステファニーが第二王子であるチャーリーの婚約者、オリヴィアとヒリス公爵邸でお茶をするそうだ。

ジャスパーはそこでステファニーと話をするつもりでいたらしい。

「それは確かな情報なの？　ステファニーお姉様はヒリス公爵家に本当に一人で向かうつもり？」

「間違いない。城に行った父がそう言っていたのを聞いたんだ。僕を見捨ててステファニーに媚びようと謝罪に行ったらしいが、クロヴィス殿下に阻まれたそうだ」

「……気に入らないわ」

「ああ、まったくだ」

ギリギリと歯がこすれる音がした。

ジャスパーも怒りからか目が血走っている。

レベッカもステファニーがいい思いをしていることが許せなかった。

奪爵はもう変えられないのだとしたら、ステファニーをこの世から消して幸せを奪ってやればいい。

ステファニーには役に立たない守護妖精の芋虫が一匹だけ。

いくらでも好きにできるのではないか……そう思った。

「ああ……！　ウフフ、わたくしいいことを思いついたわ」

「……なんだ？」

「殺しちゃえばいいのよ！　あんな弱い守護妖精を持つ奴なんて、二人で協力すれば一瞬で灰になるわ」

レベッカの言葉を聞いたジャスパーはニタリと唇を歪めた。

「素晴らしい案だなっ！」

「そうでしょう？　ヒリス公爵邸に着く前にステファニーをさらうの。せいぜい護衛は一人か二人のはずだからわたくしたちの力でどうにでもなるわ」

「待てよ。その前にクロヴィス殿下の予定を把握しておいた方がいいな。彼が同行していたらその作戦は不可能だ」

「えぇ……でももしステファニーお姉様が一人だったら、わたくしたちの勝ちよ！」

ヒリス公爵家までは城からそう遠くはないはずだ。

令嬢同士のお茶会にクロヴィスが行くとは思わないが、一応一週間の間で確認するべきだろう。

（なんとしても情報を手に入れなくっちゃ……どうせわたくしたちは牢の中。だったら最後になんとしてでも、あの女を消し炭にするのよ）

うまくいけばオリヴィアにだってダメージを与えることができる。

オリヴィアはステファニーを誘ったことで責任を感じて、クロヴィスが怒り、チャーリーとの婚約が破棄になるかもしれない。

（そうだわ。お母様にも手伝ってもらいましょう！）

ステファニーを殺せば、少しはレベッカの心も晴れやかになることだろう。

（……ウフフ、見てなさいよ。守護妖精もろとも地獄に堕としてやる！）

ジャスパーを連れて、母親が引きこもっている部屋へと向かった。

四章　奇跡

一週間後、ステファニーは鏡の前でドキドキする胸を押さえていた。

今日はオリヴィアとのお茶会だ。ステファニーは一週間でお茶会での過ごし方を体に叩き込んだ。

お茶会デビューは一般的に八歳から十歳までに行なわれる。

八歳までは令嬢として暮らしていたステファニーだったが、社交界デビューをすることはなかった。

ドレスを着る機会にも恵まれることなく、屋敷の床を磨く日々。

しかしこうして身なりを整えてドレスを着ると、ステファニーも令嬢に見えてくる。

（粗相をしないようにがんばらないと……！）

オリヴィアの兄はクロヴィスの側近のライオネルだ。ライオネルからオリヴィアの話を聞いたが、オリヴィアとは初対面だ。

オリヴィアにお茶の誘いをもらった時も、『ぜひ、リディと』と書かれていた。手紙の感じからも、優しくて朗らかな人柄ではないかと想像していた。

ヒリス公爵家は土属性の守護妖精の名家だ。

ステファニーはオリヴィアの守護妖精に会うのをとても楽しみに思っていた。

緊張した面持ちでステファニーは馬車の前で深呼吸をする。クロヴィスには頼れないが今日はリディと一緒だった。

たとえ動かないとしてもリディとは離れたくない。

クロヴィスは忙しい中、ステファニーを見送りに来てくれている。ライオネルやエドガー、チャーリーも一緒だ。

今日は隣国から第一王子の訪問があるらしく、クロヴィスは城で王子を出迎えるため、この後すぐに出かけなければならないのだ。そのため、ライオネルとエドガーも近辺の警備で大忙しだった。

その後ろではステファニー付きの侍女たちが満足そうに頷いている。どうやらステファニーをかわいらしく着飾れたことが嬉しいらしい。

セドルはステファニーとリディと一緒に行けないことを不満に思っているようだ。

ステファニーにも護衛がつけられるが、ヒリス公爵邸は城からそう遠くないこともあり一人だけだった。

「ステファニー、本当に大丈夫か？」

「はい。粗相をしないようにがんばります」

「やはり一人にするのは心配だ。もしも何かあったらどうする？」

「大丈夫ですよ。護衛の方も一緒ですし」

クロヴィスに抱きしめられながらもステファニーは背を撫でるようにして説得していた。

セドルもソワソワしながら心配そうにしている。

ステファニーは緊張していたが同時にこうして外に出かけられることが嬉しくて仕方なかった。

想いが通じてからというものクロヴィスのステファニーへの気持ちは日毎に大きくなっている気がした。

それには女性に苦手意識を持っていたクロヴィスしか知らない者たちも驚愕している。

何より驚いていたのは国王や王妃、クロヴィスの弟のチャーリーだった。

国王と王妃はなぜかステファニーに泣きながら感謝していたし、チャーリーは「ステファニー嬢は只者《ただもの》じゃないね」と何度も言っていた。

それに明日にはバルド公爵もステファニーに会うために登城するそうだ。

ステファニーは祖父であるバルド公爵に会えるのをとても楽しみにしていた。

母親が亡くなった時以来なので十年ぶりになる。

そして書類上では、ステファニーはもうバルド公爵家の令嬢となっている。

クロヴィスの端正な顔立ちが近くにあることに緊張してしまう。

ステファニーがそう言うと、クロヴィスは必ず「ステファニーは自分で鏡を見て何も思わないのか？」と言ってくる。

ステファニーが意味がわからずに首をかしげると、クロヴィスは「心配だ」と言って再びステファニーを抱きしめるのだ。

「そうだ。ステファニーにプレゼントがある」

「なんでしょうか？」

クロヴィスは胸ポケットからあるものを取り出した。

それは金色に輝く丸い石がついた美しいネックレスだった。チェーンも大きめな石を支えるために太めで、ズッシリと重みを感じた。

「今日、仕上がったんだ」

「……綺麗！」

「今日はそばにいられないから。間に合ってよかった。気に入ってもらえるといいのだが」

「クロヴィス殿下の瞳の色みたいですね。とても素敵です」

この石は雷光石と呼ばれている特殊な石で、中にはセドルの力が込められている。

ステファニーに危機が訪れた時に助けてと念じると放電するそうだ。

アクセサリーとしても使えるし、ステファニーを守るお守りにもなるらしい。

ステファニーはすぐにネックレスをつけたいとクロヴィスに頼んでつけてもらった。

馬車の窓にはネックレスをつけたステファニーの姿が映る。ステファニーはクロヴィスからもらったネックレスの雷光石を包み込むように握ってから目を閉じた。

「クロヴィス殿下とセドル様の気配を感じます。とても嬉しいです」

「ステファニーによく似合っている」

「……っ！」

クロヴィスがそっとステファニーの頬を撫でた。

あまりにも愛おしそうにステファニーを見て微笑むので、ステファニーは照れてしまい顔が真っ赤になる。

ステファニーがアワアワしているとクロヴィスが額に口づける。

「ステファニーはかわいいな」

「〜〜っ！」

ステファニーはなんて言えばいいか口ごもる。そんなステファニーに追い打ちをかけるように「かわいい」と言うクロヴィス。

クロヴィスの行動を見ていたエドガーとライオネルも口をあんぐり開けている。

額を押さえながらステファニーはフラリとよろめいてしまう。

そんな時、チャーリーが助け舟を出してくれた。

「兄上、あまりステファニー嬢を困らせたらいけないよ」

「……愛情表現だが？」

「ステファニー嬢を好きな気持ちは十分伝わったから。それにオリヴィアもステファニー嬢に会うのを楽しみにしているんだ」

当然のように言うクロヴィスにチャーリーも困惑気味である。

ステファニーもフラフラしつつも馬車の中へ。

錚々《そうそう》たる面々に送り出されて、皆が見えなくなるまで手を振っていた。

ステファニーは胸を押さえながら抱えていたリディを抱きしめた。

「こんなに幸せでいいのかしら……リディ、早くあなたに会って話したいことがたくさんあるの」

シールズ侯爵はリディがいつ蛹から出てきてもおかしくないと言っていた。どんな姿を見せてくれるのか待ち遠しい。

ヒリス公爵家は街から少し離れた山の上にあるらしい。

次第にひんやりとした空気と肌寒さを感じる。

ライオネルとクロヴィスのアドバイス通り、ストールを持ってきて正解だったようだ。

リディを膝の上にのせてステファニーはストールを羽織る。

ステファニーはネックレスを襟元からそっとドレスの内側にしまう。チェーンが直接肌に触れた瞬間、温かい気持ちになる。

（……クロヴィス殿下とセドルの気配がする。まるで近くにいるみたい。わたしもがんばらないと……！）

馬車のガタガタした揺れに体を預けながら外の景色を見ようと窓側へと移動する。

するとピタリと馬車が止まった。

（どうかしたのかしら？）

御者と護衛の声もなく、待っていても誰も声をかけてくれない。

ステファニーは不思議に思い、扉に手をかける。

「あの、何かありまし……」

ありましたか、と言おうとして目の前にある光景に目を見開いた。

「え……？」

御者と護衛が口を塞がれて縛られている姿が見えた。ステファニーは慌てて外に出た。

「大丈夫ですか⁉」

ステファニーが二人を助けようと手を伸ばした時だった。

――パシッ
死角から伸びる手にステファニーは手首を掴まれる。

「……なにっ⁉」

「フフッ、つかまえた」

皮膚に爪が食い込むほど力強く掴まれているため、ステファニーは痛みに顔を歪めた。

顔を出したのはここにはいるはずのない人物だった。

「……レ、レベッカ？」

「ごきげんよう。ステファニーお姉様」

「どうしてこんなところに……」

にっこりと笑みを浮かべているレベッカはボサボサの髪を束ねて簡素なワンピース姿だった。

豪華なドレスやギラギラと輝く宝石をつけていた以前の姿からはかけ離れている。

レベッカはステファニーの胸元に手を伸ばしてドレスをねじり上げるように掴む。

「信じられない。なによ、その格好……？」

「……痛っ！」

レベッカがステファニーを突き飛ばすようにして押した。足がもつれて、背を馬車にぶつけ、その痛みからステファニーは体を丸めた。

しかしその前にレベッカが座り込んでステファニーの前髪を掴む。

「役立たずの芋虫は元気かしら？」

「……っ」

ステファニーはレベッカを思いきり睨みつけた。リディを馬鹿にするレベッカの言葉が許せなかったからだ。

「こんなことをして許されないわ」

「許されないのはアンタの方よ……生意気だわ」

レベッカがステファニーを叩こうと手を振り上げたのが見えた。

ステファニーが衝撃に備えて目を閉じる。

「こんなところでやるな。騒ぎが大きくなるだろう？」

聞き覚えのある声にステファニーは瞼を開いた。

「嘘……」

ダークブラウンの髪、オレンジ色の瞳。

ステファニーを鋭く睨みつけるのは元婚約者、ジャスパーの姿だった。

「いたぶるのなら人気《ひとけ》がないところに行ってからだ」

「……っ、わかっているわよ！」

別人のようなジャスパーと、苛立ちを露わにするレベッカがなぜここにいるのかステファニーには理解できなかった。

「どう、して……？」

ステファニーの言葉にレベッカの唇が大きく弧を描いた。

「どうして、ですって？　ステファニーお姉様だけ幸せになるなんて許せるわけないじゃない」

「……っ！」

「わたくしはお前を地獄に引きずり込んで道連れにしてやるっ」

レベッカの地を這うような声にステファニーは目を見開いた。

「今日はあの芋虫はいないのねぇ。どこに隠しているのかしら」

どうやらレベッカはリディを捜しているようだ。

(リディだけは守らないと……!)

ステファニーは馬車の座席部分にある青薔薇のガラス細工に一瞬だけ目を向けて、すぐに視線を逸らす。

二人はリディが蛹になっていることは知らないのだろう。

「見つけたらアンタの目の前でわたくしが踏み潰してやるわ……!」

ステファニーはレベッカの脅しに屈することなく、二人を睨みつけた。

ジャスパーは片手に手紙のようなものを持って馬車の中に入っていく。

ステファニーは焦りから声を上げる。

「な、何をするつもりなの?」

「ステファニーお姉様は野盗に襲われるの! 身代金の要求をしておくだけよ……でも地図にある場所に気づいた時にはもう、アンタは死んでるのよ!」

「……っ」

「ウフフ……素敵な計画でしょう？」

レベッカとジャスパーが何をするつもりなのかわかったステファニーは、どうにか逃げられないかと考えを巡らせていた。

（リディはこのままでいい。クロヴィス殿下たちがきっと保護してくださるわ）

そんなステファニーの考えを阻むようにジャスパーが声を上げる。

「なんだこれは……？」

ジャスパーが青薔薇のガラス細工を手に取り、代わりに手紙を馬車に置いてこちらに近づいてくる。

「──返してっ！」

ステファニーはジャスパーの手にあるリディを守ろうと手を伸ばす。

するとレベッカがステファニーの銀色の髪を引っ張った。

ステファニーの手はジャスパーに届くことなく地面に手や膝をついてしまう。

「相当、大切なものらしいな」

「……っ」

「クロヴィス殿下からのプレゼントかしら？」

幸い、二人は青薔薇の茎の部分にくっついて蛹になっているリディには気づいていないようだ。

ゆらゆらと小物入れが揺れるたびにステファニーは緊張してしまう。

レベッカたちがリディに気がつく前にどうにかしてリディを取り戻したい。それなのにレベッカと守護妖精のジルが立ち塞がる。

「ジル、やっておしまい！　この女の大切なものをすべてぶっ壊してやるわ」

「やめて、返してっ……！」

レベッカの言葉にステファニーは焦りを感じていた。

レベッカがジルを使って何をしようとしているかわかってしまったからだ。

（小物入れを燃やす気なんだわ……！）

ジルはレベッカの言うことを無視するどころか背後に隠れてしまった。

ジャスパーが自らの守護妖精に命令しても結果は同じ。

リディを燃やすことを拒否しているように思えた。

「なんだ？　このガラス細工にそんなに価値があるのか？」

「いいわ。安物だけどまぁまぁ綺麗だし、こいつを消した後に売り払えばいいわ」

「そうだな。大切なものみたいだしこのまま持っておこう」

どうやらリディは燃やされずに済んだが、小物入れをジャスパーに取られてしまう。

リディを取り返さない限り、ステファニーは逃げることができなくなってしまった。

（リディ……どうしたら）

ステファニーはジャスパーに手を背中で縛られてしまう。

レベッカとジャスパーに連れられるがまま、奥に停めてある荷馬車に放り投げられるようにして詰め込まれてしまった。

暗闇の中、前の方でレベッカの罵倒だけが響いていた。その話を聞く中でわかったことがある。

ヒーズナグル伯爵はこの件に関与しておらず、ヒーズナグル伯爵夫人とレベッカ、ジャスパーが計画したことであること。

狙いはステファニーだけだということ。

三人は追い詰められたことをすべてステファニーのせいにしていることだ。

（信じられない……まさかこんなことをするなんて）

ステファニーがヒリス公爵邸に到着しないことに、オリヴィアは気づいてくれる頃だろうか。

それからクロヴィスの元に連絡が行くまでどのくらいの時間がかかるのか。

（わたしに力があればこんなことには……ううん、今はリディだけでも守らないと！）

ステファニーは弱気になる自分を叱咤して逃げ道を模索していた。

しかし荷馬車は止まることなく、どんどんと荒い道を進んでいく。

ステファニーはガタガタと揺れる真っ黒な荷馬車の中でリディの姿を捜していた。

(せめてリディだけでも取り返さないと……)

荷馬車が止まると、カバーが開いて外から光が入ってくる。

外には満足そうに笑みを浮かべるレベッカと真っ赤な唇を歪めているヒーズナグル伯爵夫人の姿が見えた。

二人の姿を前にすると、ステファニーの体は自然と強張ってしまう。ステファニーは荷馬車から引きずり下ろされて地面に倒れ込むようにして座っていた。

「上等なドレス、美しく整えられた髪……ステファニーの分際でヒリス公爵家にお茶会に向かおうだなんて分不相応。そう思わない?」

「お母様の言う通りだわ。早く消してしまいましょう」

興奮気味に言うレベッカを制したヒーズナグル伯爵夫人は怒りからか肩を大きく揺らしている。

「お前さえいなければこんなことにはならなかったのにっ!」

「腹立つのよ! ずっと奴隷のように働いていればよかったのにね」

「……っ！」

ヒーズナグル伯爵夫人とレベッカのステファニーを見る目は血走っていた。

ヒーズナグル伯爵夫人も最後に会った時よりも肌や髪には艶がなくなり、痩せこけたように見える。

ステファニーは顔を伏せながら周囲の様子を確認していた。目の前には古びた小屋がある。

辺りは木々が生い茂っており、目立つ建物などもなくここがどこかはわからない。

（リディ……！）

後ろ手で手を縛られていたが荷馬車にいる間、ずっと動かしていたためか緩くなりつつあった。

（もう少しで解けそう。待っててね、リディ……！）

そんなステファニーの気持ちに応えるように、リディの体が銀色に光ったような気がした。

（気のせい……？）

ジャスパーの足元に投げ捨てられるように置かれている青薔薇の小物入れを見て、ステファニーはチャンスをうかがっていた。

リディを取り戻すためには、ジャスパーや彼らの守護妖精たちにバレるわけにはいかない。

彼の視界を塞いで横を抜けるのがいいかもしれないと、考えを巡らせる。

(どうにかして気を逸らして、リディの元に行かないと)

その瞬間、背でパラパラと縄が解けたのがわかった。

ステファニーはかろうじて肩にかかっているストールを手に取り立ち上がる。

ジャスパーたちに向かって投げて、視界を塞いでからリディの元へ走る。

リディを抱えて走り出そうとするもドレスが仇となり、うまく木の隙間を抜けることができない。

「ちょっと何してんのよ……！　さっさと捕まえてよ」

「わかってる！」

そのまま逃げようとするが、すぐにジャスパーに腕を引かれて捕えられてしまう。

「クソッ……おとなしくしていろ！　お前たちも何をやっているんだっ」

「あの女を攻撃なさい！　攻撃しなさいってば！」

「ジル、いい加減にしなさいよ！　どうして言うことを聞かないの⁉」

ジャスパーとヒーズナグル伯爵夫人、レベッカの怒鳴り声が聞こえてくる。

どうやら守護妖精たちが言うことを聞かないことに腹を立てているようだ。

そのおかげでステファニーは傷一つついていない。

当初の計画がうまくいかないことが気に入らないらしく、三人の怒鳴り声は大きくなっていく。

（……どうしてみんなの守護妖精は言うことを聞かなくなったの？）

その理由も今はわからないが、ステファニーはチャンスだと逃げるために身を捩《よじ》る。

ジャスパーに掴まれている手首は縄で擦れてしまったからかジンジンと痛む。

ジャスパーはステファニーが逃げようとしていることに気がついたのか、地面に叩きつけるようにして腕を離す。

リディだけは守らなければとガラス細工を抱えていたため、ろくに受け身をとることができずに倒れ込む。

「今までの恩を忘れて僕を貶《おとし》めるからこんなことになるんだ」

「……っ！」

ジャスパーはステファニーの姿を見て鼻で笑っている。

倒れた拍子にステファニーの胸元からクロヴィスにもらったネックレスが飛び出し、露わになってしまう。

レベッカとヒーズナグル伯爵夫人は大きな石がついたネックレスに気づいたのか、顔を歪めながらこちらに近づいてくる。

ステファニーはネックレスを奪われないように手の内に仕舞い込む。

「生意気なのよ！　それをよこしなさいっ！」

「ステファニー……あなたはそんな贅沢なものを持っていいはずないでしょう？」

「……嫌です！」

「さっさとよこしなさいって言っているのよ！」

三人はステファニーに危害を加えようとジリジリと迫ってくる。

ステファニーの手の中にある雷光石がわずかに光を帯びる。

ステファニーはクロヴィスの言葉を思い出していた。

この宝石にはセドルの力が込められていると言っていた。

（クロヴィス殿下、セドル様、どうか助けてください……！）

ステファニーがそう念じると雷光石が強い光を帯びていく。

眩しさからかレベッカたちから悲鳴が聞こえた。

そして黄金色の光が弾け飛んでいき、レベッカとヒーズナグル伯爵夫人、ジャスパーに電撃が当たる。

「ぐっ、うわあぁっ」

「キャアアァッ！」

「……っ、痛⁉」

痛みからうずくまる三人を見て、ステファニーは立ち上がる。

(今のうちに逃げないと……！)

ステファニーは三人から逃げようと近くにあった小屋へと駆け込んだ。

三人が入ってこられないように鍵を閉めた。

窓一つない小屋は薄暗くて不気味だった。

クロヴィスからもらったネックレスの雷光石は、すっかり金色の輝きを失っている。

ステファニーは腕の中にいるリディを見た。

リディは無事で青薔薇のガラス細工に張りついたまま無傷なようだ。

(よかった……！)

ここで助けがくるまで待っていよう、そう思っていると……。

——ドンドンッ
思いきり扉を叩く音と共に怒鳴り声が響いていた。

「——このクソ女っ！　開けろっ！　ぶっ飛ばしてやる」

「今すぐここを開けなさいっ、ステファニーッ！」

「お前、許さないからなっ」

ステファニーを呼ぶ金切り声に、ヒーズナグル伯爵家で使用人扱いされていた時の記憶が鮮明によみがえる。

(怖い……！　でもリディを守るためだものっ)

ステファニーは揺れる扉を背で必死に押さえつけていた。

体が押される感覚に目には涙が浮かぶ。

瞼をギュッと閉じると、クロヴィスの姿を思い出す。

(クロヴィス殿下なら必ず見つけてくださるわ。あの時だって、わたしを見つけてくれたもの……！)

リディが動かなくなりステファニーが屋敷を飛び出して街で迷子になっていてもクロヴィスとセドルは見つけてくれた。

すると扉を殴る音がなくなり辺りが不気味なほどに静まり返る。

ステファニーは顔を上げる。

耳を傾けると三人は守護妖精にこの小屋に火をつけるよう命令しているのだとわかった。

（守護妖精になんてことを……）

守護妖精は言葉通りに自分を守護してくれる大切なパートナーだ。

彼らにそんなことをさせるのは、彼らを冒瀆《ぼうとく》する行為であり重罪である。

だから力のない人に危害を加えるだけでも厳罰が与えられるのだ。

同じ守護妖精がいる者同士なら身を守れるが、守護妖精がいなければ抵抗する術を持たないからだ。

しかしレベッカやヒーズナグル伯爵夫人、ジャスパーはステファニーから攻撃を受けたことで怒り、我を忘れているのかそんなことはお構いなしに命令している。

（彼らはこんなにやりたくないと抵抗しているのに……！）

ジルたちの悲しみがここまで伝わってきているような気がした。

いつまで経っても小屋に火をつけようとしない守護妖精に痺れを切らしたのか、レベッカがある提案をする。

それは周りの木に火をつけるとのことだった。

今度は守護妖精たちも、主人の言うことを聞いたようだ。

小屋から少し離れた場所に火をつけたらしい。

（一体、何をしようというの？）

レベッカの声が次第に近づいてくる。

まさかと思った時にはもう遅かった。

「この火で小屋を燃やし尽くしてやるわ！」

レベッカの声に目を見開いた。

しかしパチパチと木が燃える音がすぐにステファニーの耳に届く。

古い小屋だからかすぐに火が燃え広がっていき、ステファニーとリディを囲んでいく。

「──アハッハッ！」

「ざまぁないわね！　いい気味よっ」

レベッカとヒーズナグル伯爵夫人の高笑いが響いていた。

ステファニーはリディを抱え、焦りを感じていた。

窓もないため扉から出るしかないのだが、レベッカたちはそれがわかっていたから扉から燃やしたのだ。

つまりステファニーにこの小屋から出る術はなくなってしまう。

絶望的な状況にステファニーはペタリとその場に座り込んだ。

「リディ……あなたを守れなくて本当にごめんなさい！」

ステファニーの目から涙があふれ出る。

火はステファニーのすぐそばまで迫っていた。

ステファニーの涙がポタポタとリディの蛹に落ちていく。

ぼやけた視界でリディに視線を送る。

どうにかしてリディだけでも救いたいと思っていたステファニーは、ある変化に気づく。

（リディの体が銀色に光っている……！）

たびたび、リディが光っていたが気のせいだと思っていた。

しかし今度は、リディの体をすべて覆った模様が光ったり消えたりと点滅していることがわかる。

（もしかしてリディは羽化しようとしているの？）

ステファニーはリディを見ていたのだが、ステファニーに触れてしまいそうなくらい近い距離に火があるのに、熱くないことに気づく。

それに小屋中、煙でいっぱいになっているのにステファニーは呼吸も普通にできている。

ステファニーとリディの周りだけ、まったく火の影響を受けていないのだ。

「リディ……？」

まばゆい銀色の光でステファニーが瞼を閉じた瞬間に、小屋はすべて燃やし尽くされてしまい真っ黒になった。

そして小屋が崩れていき、上には空が見えた。

「え……？」

驚いたのはステファニーだけではなかった。

ステファニーが小屋と共に燃えて死んだと決めつけているレベッカたちも同じだった。

満足そうに微笑んでいたのだが、無傷で小屋の真ん中に座っているのを見て理解が追いつかないのか、その場で固まっている。

ステファニーが持っているリディから空に向かって銀色の光の柱が立ち上っている。

ステファニーが空を見上げると気づく違和感。

今日、空はとてもいい天気だったのにもかかわらず真っ黒な暗雲で覆い尽くされていた。

そして雲の隙間からは無数の雷が走っているのが見えた。

「……クロヴィス、殿下？」

ステファニーが名前を呼んだ瞬間、地面が揺れて辺りに耳を塞ぎたくなるほど大きな雷鳴が聞こえた。

どうやらすぐ近くに雷が落ちたようだ。

ステファニーがもう一度空を見ると、雲の隙間から大きな金色の魔法陣が見えた。

魔法陣から降り注ぐ雷がレベッカたちを阻むようにステファニーの周りを覆っていく。まるで電気の柵に守られているようだ。

そこからはセドルとクロヴィスの力を感じた。

(クロヴィス殿下が、また見つけてくださったんだわ)

ステファニーがそう思った瞬間、ジャスパーがこちらに向かってくるのが見えた。

ステファニーはリディを抱えたまま動けずにいると……。

――ドンッ！

重たい音と共にジャスパーの悲鳴とも呼べない唸り声が聞こえた気がした。

ジャスパーの服は真っ黒になって、体は痺れているのか動かせないようだ。

「ぁ……っ、ぅ……！」

「な、何……」

「なんなのよ！　一体、何がっ」

痺れて動けないでいるジャスパーの姿を見たレベッカとヒーズナグル伯爵夫人は腰を抜かしている。

ステファニーの横にはセドルが現れた。

セドルはステファニーを守るように前に立つと、レベッカとヒーズナグル伯爵夫人を睨みつけている。

『ステファニーを傷つけるなんて許せないよ。コイツらをどうしてやろうか……クロヴィス』

「まさかステファニーにこんなことをするとはな……」

「ひっ……！」

「覚悟はできているのだろうな？」

レベッカたちの背後から現れたクロヴィスは腰に携えた剣を抜いた。

バリバリとけたたましい音と共に金色の光が剣の周りを覆い尽くしている。

クロヴィスが剣を向けた瞬間、レベッカとヒーズナグル伯爵夫人の周りを雷でできた竜が空に浮かぶ。

「キャアアアアッ！」

大きな雷の竜が二人を飲み込んでいく。

体からはバチバチと電気が流れているのか、レベッカとヒーズナグル伯爵夫人は動けないでいる。

クロヴィスとセドルの威圧感に三人の守護妖精たちは、すっかりと萎縮してしまっていた。

セドルが電気で三人を痺れさせて動けなくしている間、後から追いかけてきたライオネルやエドガーが一人ずつ拘束していく。

レベッカは這いつくばりながらもステファニーに手を伸ばしている。

ステファニーは呆然としつつ、その光景を眺めていた。

「ステファニー、大丈夫か⁉」

剣を置いたクロヴィスがステファニーの方へと駆け寄ってくる。

ステファニーは安心感から無意識に止めていた息を吐き出した。

そしてクロヴィスの名前を呼んだ瞬間に涙が流れ落ちる。

ステファニーを抱きしめる腕は震えていた。

ステファニーもクロヴィスの背に手を回して肩に顔を埋めた。

「遅くなってすまない」

「クロヴィス殿下、どうしてここに……隣国からお客様がいらっしゃっているはずじゃ……？」

「心配ない。城を出る前に役目はきっちり果たしてきた。ステファニー、怪我はないか？」

「はい……大丈夫です」

侍女たちが綺麗に整えてくれた髪もレベッカに掴まれたりしてボサボサで、美しいドレスもところどころ破れている。顔もリディをかばった時に汚れて真っ黒になってしまった。

それでもステファニーに大きな怪我はない。

ステファニーは、クロヴィスが大切な公務の途中に抜け出してくれたことを申し訳なく思ったが、こうして助けに来てくれたことに感謝していた。

「クロヴィス殿下……ここまで助けに来てくださって、ありがとうございますっ！」

「怖い思いをさせてすまなかった。ステファニーが無事でよかった」

「……クロヴィス殿下」

「君は俺が絶対に守る」

クロヴィスがステファニーにそう言った時だった。

『もう大丈夫。今度はアタシが絶対にステファニーを傷つけさせないから』

突然、かわいらしい少女の声が聞こえた。

ステファニーが振り向くと背後にはホワイトシルバーの髪色の少女が立っていた。

髪にはステファニーと同じ蝶の髪飾りがついている。

水色の瞳は吸い込まれてしまいそうなほどに美しい。

ステファニーは突然、現れた少女に驚いていた。

神々しいその姿に感動して言葉が出てこない。

次の瞬間、不思議と頭にはある名前が思い浮かぶ。しかし信じられない気分だった。

「リディ……？　リディなの？」

『ステファニー、待たせてごめんなさい』

「やっぱりリディなのね……！」

『うん、アタシはリディ』

蛹から羽化したはずのリディはスカイのような蝶ではなく、セドルと同じく人型になっていた。ステファニーはそんなリディを思いきり抱きしめた。

『ステファニーを傷つけ続けたアイツらを絶対に許さない』

リディがそう言って目線を宙に移し、ステファニーの腕からそっと抜ける。そして片手を上げるると、ライオネルとエドガーが拘束していたはずの三人が水の球体のようなものに入って浮かび上がる。

レベッカとヒーズナグル伯爵夫人は球体から出ようとしているのか、必死に内側を叩いている。ジャスパーは意識を失い横たわっている。

悲鳴や叫び声はくぐもって聞こえていた。

さらに意識を取り戻したジャスパーも、暴言を吐き散らしながら透明な球体の中で助けを求めて叫んでいる。

『……ステファニーを苦しめた奴はこうよ』

球体の中でレベッカたちが苦しみだす。口元からあふれ出る泡が見えた。

どうやらこの球体の中では息ができないようだ。

ブクブクと白い泡が球体の中を満たしていく。

ステファニーはそれを見て驚き、声を上げる。

「リディ、やめて……！」

『ステファニーを苦しめ続けた罰よ。今度こそアタシがステファニーを守るの』

「でもっ、このままだとよくないわ！　リディ、ダメよっ」

ステファニーは困惑しているが、リディは怒りからかレベッカたちの球体に力を込めている。

ステファニーがふらつく足で立ち上がろうとするとクロヴィスが支えてくれた。

そしてリディを止めるため、ステファニーが手を伸ばした時だった。

『やりすぎだよ、リディ』

『……っ！』

セドルはリディをたしなめると腕を上げる。それと同時に黄金色の光が球体を包み込む。

すると球体が弾け飛んで、中から大量の水があふれ出る。

どうやらセドルが魔法を使って球体を壊してリディを止めてくれたようだ。

思いきり咳き込んで水を吐き出すレベッカたちを見て、生きているとわかりステファニーはホッと息を吐き出した。

しかしリディは気持ちが収まらないのか、セドルの腰あたりに掴みかかった後に腕を振り回して、セドルをポカポカと叩いている。リディはセドルの半分ほどの背丈しかない。

『だって、コイツらがステファニーにずっとひどいことをしていたのっ！』

『気持ちはわかるけど落ち着いて。ステファニーはやめてほしいと言ったんだよ、リディ』

『……っ！』

リディはセドルに視線を送った後にステファニーを見た。大きな水色の瞳と目が合った瞬間、目にはどんどんと涙がたまっていく。

『うわぁぁぁん！　悔しいよぉ』

「リディ……？」

ステファニーが声をかけるとリディがセドルから離れ、ステファニーに突進してきて勢いよく抱きついてくる。ステファニーが膝をつくとリディは首元に抱きついた。

小さなリディをステファニーは抱きしめた。

『アタシが弱かったせいで、ステファニーは苦しんできたんだもんっ』

「……リディ」

『ずっとずっとステファニーを守れなかったの。ステファニーはアタシを守ってくれたのにっ』

ステファニーは泣きじゃくるリディの背をさする。

小さな体は少しだけひんやりとしていて冷たく感じた。

水色のワンピースは裾に向かって色が濃くなり、水面のようにゆらゆらと揺れている。

「いいのよ、リディ……もういいの」

『よくないっ！　ステファニーは優しすぎるの』

「ずっとリディがそばにいて、わたしの心を守ってくれたわ」

『……っ、ごめんなさい』

リディは小さな手でステファニーのドレスを掴む。

一連の会話からわかる通り、リディは今までのことをすべて覚えているのだろう。

大きな目から止めどなくあふれる涙をステファニーは拭う。

「今だってリディが守ってくれたんでしょう？」

『そうだけど……』

「いつもわたしを守ってくれてありがとう、リディ」

ステファニーの目からも涙が伝う。リディはステファニーに思いきり抱きついて泣いている。

リディがそばにいてくれる、今はそれだけで十分だった。

レベッカとヒーズナグル伯爵夫人はリディを見て、恐怖からかガチガチと歯を鳴らしていた。

リディが二人を睨みつけながら一歩踏み出すと、一瞬で二人の元に移動する。

ステファニーが止めようとするが、セドルが首を横に振ったことで足を止めた。

リディが二人の耳元で何かを呟いた瞬間、二人は唖然《あぜん》としたが、直後、混乱したように叫びだした。

そしてリディはステファニーの元に戻り抱きついた。

『ステファニーのためだもん。ちょっとの仕返しで我慢する』

「……リディ」

ステファニーはリディの頭を撫でる。

リディは一時的に二人の耳を聞こえなくして視界を塞いだそうだ。

「なにをしたの？」

『体の水分を操っているだけよ。時間が経てばよくなるわ』

一方、ジャスパーは「ステファニー、やり直そう！　僕たちなら素晴らしい未来を切り開ける」と叫んでいたが、クロヴィスの鞘《さや》による一撃で再び意識を失ってしまう。

そして悲しそうに肩を落とす守護妖精たちと共に城に連行されていった。

クロヴィスがリディと抱き合っているステファニーの肩に手を置いた。

「まさかリディが羽化してセドルと同じS級の守護妖精になるとは……さすがに予想できなかったな」

「……はい、驚きました」

「それだけステファニーを守りたいという思いが強かったのだろう」

『そうよ。ステファニー、大好き』

するとリディの体から力が抜けていくのがわかった。

ステファニーが驚いてリディを見ると、人型のまま小さくなり背中には蝶の羽が生えているかわいらしい姿になった。

セドルもよくこの姿になってステファニーの肩に乗っていたことを思い出す。

「リディ、大丈夫？　寝てるの……？」

『力を使いすぎたんだよ。随分と無理をしていたから。しばらくは眠り続けるけど、すぐに回復すると思うよ』

そう言ったセドルはリディをそっと抱え上げる。

『ボクがリディのそばにいなくちゃって思ったのは、膨大な力を抑えるためだったのかもね』

「セドル……」

『この子はまだ人型になったばかりだからボクが色々教えてあげないと』

ステファニーはセドルがいて心強いと思った。それはリディも同じだろう。

それからステファニーたちは城へと戻るために馬車に乗った。

馬車の中でステファニーはずっとクロヴィスに寄り添っていた。

いつも元気なセドルも珍しくリディを抱えながら眠っている。

「セドルには無理をさせてしまった」

「そうなのですか？」

「かなりの広範囲に捜索魔法を使ったからな」

ステファニーは空に浮かぶ金色の魔法陣を思い出していた。

迷子だったステファニーを見つけた時と同様に光を走らせてステファニーを見つけていたらしい。

しかも王都や森をすべて、だ。

その後にステファニーを守る電気の柵を重ねるとジャスパーやレベッカを拘束して痺れさせていた。

(クロヴィス殿下は平気な顔をしているけど……やっぱりすごいんだわ)

雷帝と呼ばれているクロヴィスの魔法は国随一で誰もかなう者がいない。

天候を操り、膨大な範囲にも魔力を張り巡らせることで攻撃、防御、捜索と様々なことに使用できるそうだ。ステファニーには、クロヴィスの力のスケールがいかほどのものなのか想像もつかないが、すごいことだけはわかる。

「ありがとうございます……クロヴィス殿下」

「怖い思いをさせてすまない、ステファニー」

「いいえ、クロヴィス殿下やセドル……それにリディがわたしを守ってくれましたから」

ステファニーがさらわれた後、不思議に思ったオリヴィアが様子を見に行くように頼むと御者と騎士が縛られているのを発見。

クロヴィスに知らせるために守護妖精の力を使い、ライオネルと守護妖精のネルに知らせた。

クロヴィスは会合をチャーリーや国王に任せてステファニーの捜索を始めたのだそうだ。

(……またクロヴィス殿下が助けてくれた)

あの時、クロヴィスが見つけ出してくれなければどうなっていたかわからない。

ジルたちが放った火から守ってくれたのはリディの力なのだろう。

リディはああ言っていたが、彼女はステファニーをずっと守ってくれていた。

それと、いつもステファニーのピンチに颯爽《さっそう》と現れて助けてくれるクロヴィスに感謝していた。

城に帰ると大勢の人たちがクロヴィスとステファニーが帰ってくるのを待っていた。目に涙をためてこちらに走ってくるキャラメルブラウンの髪の令嬢はオリヴィアだとすぐにわかった。

オリヴィアはステファニーの手を掴むと必死に謝罪を口にしている。

「ステファニー様、申し訳ございません！　わたくしがお茶会に誘ったばかりにっ」

「いいえ、違います。オリヴィア様のせいではありませんから」

オリヴィアはステファニーの無事を確かめるかのように抱きしめてくれた。

オリヴィアがいち早く異常に気づいてくれたからこそ、手遅れにならずに済んだのだ。

それからシールズ侯爵にリディが人型になったことを報告する。

セドルの手のひらの上でスヤスヤ眠るリディを見て、眼鏡がずり落ちてしまうほどに驚いていた。

他の研究者たちも「こんなことは初めてだ」と、驚愕して言葉が出ないようだった。

まずはステファニーが怪我をしてないか医師に診せることが優先だとクロヴィスに

お姫様抱っこをされながら廊下を進んでいく。

（安心したからかしら。なんだか……急に眠気が）

体の力が抜けていく感覚がした。

ステファニーはクロヴィスの胸に体を預けながら目を閉じたのだった。


ステファニーが目を覚ますと隣にはリディが寝ている。

スヤスヤと寝息を立てるリディは本物の子どものように見えた。

セドルが浮くのを見るまで人と勘違いしていることを思い出していた。

かわいらしい寝顔を見ていると自然と笑みがこぼれる。

（リディ……大好きよ）

ステファニーはリディの頬を撫でてから包み込むように抱きしめた。

『……むぅ』

「ふふっ、かわいい」

リディが人型になってからこうして触れ合えて、意思疎通ができる日がくるなんて夢のようだ。

少し離れた場所ではクロヴィスが腕を組みながら資料を読んでいた。

セドルも珍しくソファで眠っている。

忙しい中、そばを離れないでいてくれたのだと思うと嬉しくて仕方がない。

ステファニーが目覚めたことに気がついたのかクロヴィスと目が合う。

クロヴィスが優しい笑顔を向けてくれるだけで幸せな気持ちになった。

「ステファニー、目が覚めたのか？」

「……はい。どのくらい眠っていたのでしょうか」

「丸一日だ。リディが大量の魔力を使ったことでステファニーにも影響があったのだろう」

ステファニーとクロヴィスはリディを起こさないように小声で話していた。

あの時、リディがステファニーの代わりにレベッカたちに怒り、気持ちをぶつけてくれたことが嬉しかった。

（まさかリディがあんなふうに思っていてくれたなんて……）

リディはどんな姿だったとしてもステファニーを守ろうとしてくれていた。

それがわかっただけでも、ステファニーは今までの我慢がすべて報われたような気がするのだ。

クロヴィスによると、ヒーズナグル伯爵は夫人やレベッカやジャスパーの行動を聞いて唖然としていたそうだ。

そして守護妖精を使いステファニーを殺そうとした三人には極刑がくだされることになる。

すぐに守護妖精との契約は解除された。

守護妖精はレベッカたちを守ろうとしてしまうからだ。

彼らは無理な命令に従わされていたことで疲弊していたらしい。自ら彼らのそばを離れていった。

そして守護妖精たちを守るためでなく、傷つけるために悪用したレベッカたちは牢の中で泣き叫び続けているらしい。

大切なものを守るためではなく、己の欲のために守護妖精を使おうとした者は、契約を解除して罪を償わなければならない。

それは妖精の王と初代国王エドガーファが交わした約束の一つでもある。

ヒーズナグル伯爵も仕事を終えたら守護妖精、バルとの契約を解除した後、牢に入るそうだ。

これでもうステファニーは彼らと二度と顔を合わせることはない。

ヒーズナグル伯爵や夫人、レベッカにやられたことを考えると今でも許せない。

だが、こうしてステファニーをヒーズナグル伯爵邸から追い出してくれたおかげで、みんなに出会うことができた。

お腹いっぱいご飯を食べられる幸せは、ヒーズナグル伯爵邸では得られなかったことだろう。

それにクロヴィスの気持ちやリディの変化には驚いたが、愛する人と共に過ごせる喜びを知った。

(ありがとう、リディ……わたしを導いてくれて)

ステファニーの目からは自然と涙が流れていく。

(……ありがとうございます、お母様。諦めないでよかった。リディを信じて一緒に新しい未来を掴むことができたの)

ステファニーはクロヴィスの胸を借りて号泣していた。

今までの想いがすべてあふれ出していくような気がした。

いつの間にかリディは目を覚ましていて、ステファニーの気持ちに感化されたのかリディまで泣きだしてしまう。

クロヴィスがステファニーの涙と鼻水を拭っていると、セドルが驚いて目を覚ましたようだ。

二人の泣き声を聞いたライオネルとネル、エドガーとガイも心配そうに扉を叩く。

オリヴィアやチャーリーの守護妖精たちも集まり、部屋は人と守護妖精であふれ返っていた。

その後に部屋には守護妖精たちを捜して、オリヴィアたちも合流する。

ステファニーとリディは守護妖精たちに囲まれて癒やされていた。

ネルの大きな寄りかかり、ガイはステファニーの頭の上へ。

セドルはクロヴィスと同じようにリディの涙と鼻水を拭う。

皆がリディとステファニーを励ますように体を寄せていた。

紅茶と軽食を用意しようと部屋の中に入ってきた侍女たちは、その様子に腰を抜かしそうになっていた。

美味しい匂いにステファニーのお腹はグルグルと鳴る。

ステファニーが軽食を食べながら談笑していると、トントンと扉を叩く音が聞こえた。

口いっぱいに頬張っていたサンドイッチを急いで飲み込んだ後、ステファニーは返事を返す。

（誰かしら……）

シールズ侯爵と共に部屋に入ってきたのは杖をついた白髪の年老いた男性だった。

すると騒がしかった部屋は静まり返り、扉からステファニーまで道が開けていく。

肩には見たことがないほどに大きくて立派な蝶が羽を広げている。

光沢のあるコバルトブルーの羽は黒く縁取られている。

そして目の前でステファニーに向かって手を伸ばしているのが誰なのか理解することができた。

「……お祖父、様?」

「ステファニー……ステファニーなのだな!」

杖をその場に捨てて、バルド公爵はステファニーを抱きしめた。

ステファニーはバルド公爵の背に震える腕を回した。

「ああ、ステファニー……会えてよかった!」

「お体は……大丈夫ですか?」

「大丈夫だよ。もっと早く気づいて無理やりにでも会っていれば……申し訳なかった」

「……いえ」

「本当に、アデルによく似ている」

「……!」

バルド公爵は目に涙を浮かべながらステファニーの髪を撫でた。

アデル……久しぶりにその名を耳にしたステファニーの胸に、一気に懐かしさがこみ上げた。母親によく似ていると言われて嬉しかった。

ステファニーは、オリヴィアのお茶会の次の日にバルド公爵と会う予定があったことを思い出す。

元気そうなバルド公爵の姿を見て安心していた。

バルド公爵はステファニーとアデルのひどい状態に気づけなかったことを後悔していると、涙ながらに語った。

ヒーズナグル伯爵はバルド公爵にバレないように巧みに隠していたようだ。

ふとバルド公爵の守護妖精を見ていたリディが立ち上がる。

腕を伸ばすとバルド公爵の守護妖精がリディの腕に止まった。

「この子がステファニーの守護妖精なのか？」

「はい、リディです！」

「蛹だったと聞いたが、まさか蝶ではなく人型になるなんて驚きだ」

「わたしにもわからないんです。なぜリディがこうなったのか……」

バルド公爵は顎を押さえて考える素振りを見せた。

どうやらずっと前にもバルド公爵家から人型のS級、守護妖精を持つ女性がたびたび現れていたらしい。

そして王家に嫁いだこともあった。

それぞれの公爵家では、S級人型守護妖精が現れることが多いようだ。

「もしかして、リディは退化してしまっていたのではないか？」

「なるほど……今まで関係ないと思っていましたが、やはり属性同士の相性は多少なりともありそうですね」

「ああ、そうかもしれない」

バルド公爵とシールズ侯爵は、リディが人型になった理由について真剣に話し合っている。

それにはクロヴィスもチャーリーも興味深そうにしていた。

バルド公爵とシールズ侯爵の見解はこうだ。

火属性を持つヒーズナグル伯爵と結婚したことにより、一時的に守護妖精の力が退化したのではないのか。

それに火属性の守護妖精に囲まれていたこともリディが育たなかった原因なのかもしれない……と。

ステファニーは改めてリディと過ごしていた状況を話していく。

リディはヒーズナグル伯爵家で井戸水を少ししか飲まなかった。体の色がもっと暗かったことも気になっていたからだ。

クロヴィスの屋敷で暮らすようになったことで、リディの飲む水の量が増え続けて、体の色が明るくなっていったことを思い出す。

そこからリディの変化が大きくなっていったのだ。

(つまり……リディは元々、人型の守護妖精だったってこと？)

まだ仮説だそうだが、その可能性が高いとのことだ。

レベッカやヒーズナグル伯爵夫人に攻撃されても傷がつかなかったのは、リディが力を使って守ってくれたからなのだろう。

リディが水を操る様子を見て、かなり強い力を持っていたのではないかとクロヴィスは言っていた。

それを裏づけるようにリディもそうだと頷いている。

『ヒーズナグル伯爵邸の水はとてもまずかったの。それにいっつも暑くて居心地が最悪だった』

「そうだったの？」

『でも外に出て、新しい場所で暮らすうちに力を取り戻せたわ。綺麗な水はとても美味しいの。この姿になれたからもういらない』

どうやら水を飲む行為はリディにとっては力を取り戻すためのものだったようだ。

リディはバルド公爵の守護妖精と遊んでいる。

大きなコバルトブルーの羽を見ているとスカイを思い出す。

「ふふっ、スカイみたいだわ」

『ステファニー、アタシも蝶の姿になれるのよ』

「リディも？」

リディの姿は一瞬にして、スカイのような水色の羽をひらひらとさせた蝶の姿になった。

ステファニーの手のひらに乗るリディはとてもかわいらしい。

「とても素敵よ、リディ」

リディはクルリと回って羽を自慢している。

楽しい時間はあっという間に過ぎていく。

バルド公爵はまだ体調が万全ではないため、大事をとってバルド公爵邸に帰っていった。

今度、ステファニーはバルド公爵邸を訪れると約束して。

ステファニーの体調はすぐに回復したが、クロヴィスがさらに過保護になってしまい大変だった。

あの事件から一カ月経った今でも公務以外では常に一緒にいる。

「あの……クロヴィス殿下」

「どうした？」

「過保護すぎませんか？」

「またステファニーが危ない目に遭うかもしれないと思うと、いてもたってもいられない」

クロヴィスの真剣な表情だ。

『大丈夫よ。ステファニーはアタシが守るもの』

「リディ……ありがとう！」

『ボクもステファニーを守るよ。クロヴィスの大切な人だからね』

「ふふっ、二人ともありがとう」

リディが一瞬にして小さくなると、ステファニーの肩に乗る。

その反対側には小さな姿になったセドルの姿があった。

ステファニーは二人を手のひらで包み込むように抱き寄せた。

「俺もステファニーを必ず守ってみせる」

「クロヴィス殿下……！」

「君とずっと共にいたい」

「わたしもです。それにクロヴィス殿下はわたしがどこにいても見つけてくださるんですもの」

「ああ、そうだな」

そう言ってクロヴィスはステファニーの乱れた髪を直すように耳にかけた。

クロヴィスがステファニーを見る表情は甘くて蕩《とろ》けてしまいそうだ。

次第にクロヴィスとの距離も近づいていき、今は触れることにも少しずつ慣れてきた。

クロヴィスはステファニーを宝物のように接してくれる。

それからステファニーはオリヴィアと共に城でお茶をした。

やはりまだステファニーを外に出すのは心配らしく、オリヴィアはクロヴィスから城以外でお茶するのを止められているからだ。

オリヴィアとはすぐに意気投合した。

オリヴィアが登城するたびに顔を合わせて話すことも増えて、今はチャーリーとクロヴィスのことで恋愛談義をして盛り上がっていた。

「まさかクロヴィス殿下があんなふうになるなんて……驚きですわ」

「どういう意味でしょうか？」

「クロヴィス殿下はステファニー様に夢中ですもの。ステファニー様はあんなにクロヴィス殿下に愛されていて羨ましいです」

「……！」

オリヴィアのその言葉にステファニーの頬が赤く染まっていく。

オリヴィアは口元を押さえて「まぁ、素敵」と言いつつ、楽しそうだ。

クロヴィスと気持ちが通じて日が浅いが、毎日ドキドキしっぱなしである。

「ぜひ、殿方を夢中にする方法を教えていただきたいですわ！」

「わたしは何も……」

「ぜひ、教えてくださいませ。チャーリー殿下とクロヴィス殿下は兄弟ですもの」

グイグイ迫ってくるオリヴィアはキラキラと目を輝かせている。

チャーリーとは幼馴染みのような関係性のため、なかなかそういう雰囲気にはならないそうだ。

それゆえに彼を夢中にさせたいのだとか。

ステファニーはいつからこんなにクロヴィスに愛されるようになったのかを考えてみたのだが……。

（クロヴィス殿下にこんなに愛されるようになったのはいつからなのかしら……）

ステファニーは解雇されてしまわないように、クロヴィスに惚れてはいけないと逃げ回っていた記憶しかない。

ステファニーは顎に手を当てて考えていた。

「えっと……あの時はクロヴィス殿下から逃げるのに必死でした」

「逃げる？　ステファニー様はクロヴィス殿下から逃げていたのですか？」

予想外の答えだったのかオリヴィアも不思議そうにしている。

「はい……逃げていたらなぜかこうなってました」

「たしか、ばあやも殿方は逃げる女性を追いかけたくなると言っていましたわね」

「そうなのですか⁉」

オリヴィアはステファニーの手を掴んでブンブン振りながら喜んでいる。

ステファニーはあまりのオリヴィアの勢いに首がガクガクと動いていた。

オリヴィアの守護妖精、猫のルルを膝にのせてリディは背を撫でて楽しそうにしている。

箱入り娘のオリヴィアと世間知らずのステファニーによる斜め上の恋愛相談に、周囲にいた侍女たちは一波乱起きそうな予感にハラハラしている。

「ステファニー様、素敵なアドバイスをありがとうございます。わたくし、チャーリー殿下から逃げてみますわ！」

そんな時、チャーリーとクロヴィスがオリヴィアとステファニーを迎えに来たようだ。

「オリヴィア、今度のパーティーのドレスなんだけど……」

「チャーリー殿下、ごめんあそばせ……！　ルル、行くわよ」

『ニャア』

「オリヴィア⁉」

オリヴィアは素早く立ち上がり、ルルに声をかけチャーリーに背を向けた。

チャーリーはオリヴィアに逃げられたことで呆然として動けないでいる。

ステファニーはここで初めて自分がしてしまったアドバイスがあまりよくないので

はないかと気づきつつあった。

オリヴィアを追いかけていくチャーリーの様子を見てステファニーは、どうするべきか迷っていた。

（わ、わたしのせいでオリヴィア様とチャーリー殿下がよくない方向に向かったらどうしましょう！）

取り残されたクロヴィスとステファニー。

リディはルルがいなくなったからか不満そうに唇を尖《とが》らせている。

そしてクロヴィスの横付近を浮遊していたセドルの元へ飛んでいく。

リディはセドルに抱きしめてもらい嬉しそうだ。

「……ステファニー？」

いつもと様子が違うステファニーに気がついたのかクロヴィスが声をかける。

「ど、どうしましょう」

「ステファニーはオリヴィアがどうしてこんな行動をとったのか、理由を知っているのか？」

「はい……たぶんわたしのせいです」

ステファニーはクロヴィスにオリヴィアから「ステファニーのように愛されるため

にはどうすればいいか」と、聞かれたことや、ステファニーは「逃げていた」と、答えたことを伝えていく。

クロヴィスはステファニーの話を聞いた後に額を押さえながら項垂れてしまった。

ステファニーはやはり言ってはいけないことをしてしまったと落ち込んでしまう。

「もっ、申し訳ありません……！　どうしてこんなわたしがクロヴィス殿下にこんなに愛されているのかまったくわからなくて」

「………」

「わたしがオリヴィア様に〝逃げていた〟なんてアドバイスしなければこんなことにならなかったんだと思います」

尻すぼみになっていくステファニーの声。

チラリと彼を見るとクロヴィスの表情は俯いていて見えない。

しかしステファニー自身もなぜクロヴィスに好かれているのか明確な理由はわからないのだ。

クロヴィスから逃げ回っていたらいつの間にか愛されていた……そのこと以外は。

『ねぇ、これってクロヴィスが言葉にしてちゃんとステファニーに伝えなかったせいじゃない？』

「わかっている。最初の条件といい、俺がステファニーに勘違いをさせていたからこんなことになったんだな」

『ちゃんと説明してあげないとさ、ステファニーがかわいそうだよ』

セドルとクロヴィスの言葉の意味がわからずに、ステファニーは交互に二人の顔を見ながら狼狽《うろた》えていた。

クロヴィスは「わかっている」と言いつつ不機嫌そうだ。

(もしかしてクロヴィス殿下を怒らせてしまったの？)

ステファニーが焦っていると、クロヴィスはステファニーを先ほどまでオリヴィアとお茶をしていた椅子に座るように促した。

「まず大前提に俺はステファニーが逃げ回っていたから好きになったわけではない」

「そ、そうなのですか⁉」

「ああ、そうだ。ステファニーを好きになった理由はたくさんある」

「……！」

「だが最初に俺が提示した条件のせいでややこしくなってしまい、どうしたらいいのかと俺も悩んでいたんだ」

「そうだったのですね……」

ステファニーは初めて聞く事実に目を丸くしていた。

「そうだ。最初は放っておけない存在だった。しかし次第にステファニーと共に過ごしていくうちに自然と惹かれていった」

クロヴィスは無意識なのか柔らかい笑みを浮かべながらステファニーのことを話している。

心臓は先ほどよりも速く脈打っていた。

クロヴィスの気持ちを聞けると思うと嬉しい反面、緊張してしまう。

「懸命に仕事をする姿や、美味しそうに食事をするところはとてもかわいらしいと思っていた。それにいつだってステファニーは前を向いている。一緒にいて心地いいんだ。周囲を明るく照らす姿は見ていて癒される」

「……っ⁉」

「今までつらい目に遭いながらもリディを守り、信じ続けたこともそうだ。強い意志を持つステファニーを尊敬している」

クロヴィスの手がステファニーの手のひらを包み込むように握る。

ステファニーは淡々とクロヴィスから紡がれる言葉に胸がいっぱいになっていた。

（ま、まさかクロヴィス殿下がわたしのことをこんなふうに思っていてくださったなんて……)

ステファニーはクロヴィスを好きにならないようにずっと逃げ回っていただけだった。

クロヴィスはこうしてステファニーのことをしっかりと見ていてくれたのだ。

「クロヴィス殿下はずるいです」

「ずるい……? どういう意味だ?」

クロヴィスはステファニーの手を握りながら言葉を待っている。

ステファニーもクロヴィスのように、気持ちを伝えようと思った。

「クロヴィス殿下はかっこよくて、皆さんに慕われて頼りにされています。それにいつだって優しくて好きになってはいけないと思うのは大変だったんですから……!」

「……!」

「いつもわたしを助けてくれました……クロヴィス殿下には一生かけても返しきれない恩があるんです」

クロヴィスは身元がわからないステファニーに食事や温かい寝床、居場所を与えてくれた。

仕事をしたら賃金がもらえて自分のために使っていいことを教えてくれた。

そしてステファニーの大切なリディを守るために動いてくれた。

それからバルド公爵に会わせてくれて、そのための手続きもすべてクロヴィスがしてくれた。

もったいないくらいのチャンスをたくさん与えてもらっている。

ステファニーがこうして幸せに暮らしているのはすべてクロヴィスのおかげなのだ。

「クロヴィス殿下やセドル様がいなければわたしは……」

クロヴィスはそっとステファニーの頬を撫でた。

ハッとしたステファニーを見たクロヴィスはそのまま腕を手に回す。

「ステファニーと出会えたことは奇跡だと思っている」

「……え？」

「セドルとリディが導いてくれた縁だ。それに恩など感じる必要はない。ステファニーは俺に様々なことを教え、与えてくれた」

ステファニーはクロヴィスに何を与えたのだろうか。

首をかしげたステファニーの髪を撫でながら答えた。

「ステファニーと出会い、人を愛する喜びを知ったんだ。こんな気持ちは今まで知り得なかった」

「……！」

「今はもうステファニーしか見えないんだ。だからこれからも俺の隣にいてほしい」

クロヴィスの言葉に目頭がじんと熱くなる。

「俺がステファニーのことをどれだけ愛しているかわかってくれただろうか？」

ステファニーはゆっくりと頷いた。

「はい……！　ありがとうございます。まだまだクロヴィス殿下の隣に並ぶには相応しくないかもしれませんが、これから努力しますから」

「ステファニー、がんばってくれるのは嬉しいが無理はしないでほしい」

「ですが……」

「講師たちもステファニーが飲み込みが早いと褒めていた。心配することは何もない。時間が解決するはずだ」

しかしステファニーは小さく首を横に振る。

ステファニーの気持ちを汲み取って無理をしないようにと心配してくれるクロヴィス。

けれどクロヴィスや周りの人たちに甘えてばかりはいられない。

ステファニーはまだまだクロヴィスの釣り合うような令嬢ではないかもしれない。

けれどステファニーはクロヴィスに隣にいることを諦めたくはない。

オリヴィアと一緒にいるようになり、改めてわかったことだがステファニーは貴族の令嬢としてまだまだ未熟だ。

オリヴィアは自分をまだまだだと言っているが、何をするにも完璧で目で追ってしまう。

優雅な仕草もできないし、緊張してしまって言葉が出てこない。

悔しくてたまらなくなることもあるが、一歩一歩進んでいくしかないのだ。

「クロヴィス殿下の婚約者になるためにがんばらないと……！　大好きなんだものっ」

ステファニーの口から本音がポロリとあふれ出た。

今はステファニーがクロヴィスに相応しくなれるまで婚約は待ってもらっている。

周囲はこれほどクロヴィスに相応しい結婚相手はいないと言ってくれているが、ステファニーは納得できなかった。

S級守護妖精なのはリディのおかげだし、バルド公爵家の令嬢となれたのだって母親のおかげだ。

ステファニーは皆のおかげでこの地位にいることができている。

それでは堂々と胸を張ってクロヴィスの隣に立つことができない気がした。

だからこそこうして努力をしているものの、まだまだ満足できるまでは程遠い。

待ってもらっているのだから急ごうとするものの、クロヴィスは遠い場所にいるのだと実感する。

ステファニーがドレスの裾を掴みつつもクロヴィスを見ると、顔が真っ赤になっていることに気づく。

「クロヴィス殿下、どうしたのですか？」

「君の気持ちが嬉しくて……」

「……わたしの、気持ち？」

ステファニーは首をかしげた。

「がんばって俺の婚約者になりたいと考えてくれていることが、たまらなく嬉しいんだ」

「……っ⁉」

クロヴィスの言葉にステファニーは先ほどの心の声が漏れていたのだと気づく。

ステファニーもクロヴィスと同じように照れながら慌てていた。

二人の間に沈黙が流れる。

するとリディがふわりと飛んできて、ステファニーに擦り寄るようにして抱きついた。

「リ、リディ……！　どうしたの？」

『アタシはステファニーの味方。ステファニーが大好き』

「……リディ」

ステファニーがリディを抱きしめ返すと、リディは小さな蝶の羽が生えた人の姿に変わる。

肩に乗るとステファニーの頬に身を寄せる。

ひんやりと冷たくて気持ちいい。

きっとリディはステファニーを励まそうとしてくれているのだと思っていたのだが……。

『クロヴィスとばかり、ダメ。アタシがステファニーに甘えるの』

「リディ⁉」

どうやらリディはヤキモチをやいてくれているようだ。

クロヴィスは「すまない、リディ」と言ってリディの頭を撫でる。

リディは水色の瞳をクロヴィスに向けて口を開く。

『ステファニーを泣かせたら許さないんだから』

「ステファニーを泣かせることはしない。約束する」

『ボクもステファニーとリディが大好きだ。クロヴィスと一緒に守るよ』

「……セドル」

『リディ、クロヴィスとステファニーは家族になるんだから仲良くしようね』

『はぁい』

「……！」

セドルの言葉にステファニーとクロヴィスは驚いていたが『家族になる』、その言葉はステファニーの中で大きくなっていく。

セドルも一瞬で小さくなるとリディが座っている反対側の肩に乗る。

二人に寄り添うように抱きしめられてステファニーは幸せを感じていた。

「わたし、みんなのためにがんばるから……」

『ステファニーにはアタシたちがついているわ』

『いつでもボクたちが力になるよ』

ステファニーは喜びから二人をギュッと抱きしめた。

クロヴィスも優しい表情で三人を見つめていたのだが、ステファニーはハッとして顔を上げる。

「大変っ、オリヴィア様のことをどうにかしないと！」

ステファニーがそう言うとセドルとリディがふわりと浮きながらこちらを見た。

『アタシがオリヴィアを捜してくるわ』

『なら、ボクはチャーリーを見つけるよ』

「二人とも、ありがとう！」

そう言って二人は飛んでいく。

しかしチャーリーは見つかったものの、オリヴィアはもうヒリス公爵邸に帰ってしまったらしい。

セドルとリディが帰ってきた後にステファニーはチャーリーに事情を説明する。

「なるほど。この件の発端は兄上のせいなんだね」

「……すまない」

チャーリーの指摘にクロヴィスが申し訳なさそうに謝罪する。

ステファニーはクロヴィスをかばうために口を開く。

「違います！　わたしがずっと勘違いしたせいなんです」

「いや、ステファニー嬢のせいじゃないよ。オリヴィアは昔から完璧でいつも笑っていたから、僕は無意識に彼女に甘えていたのかもしれない。言葉にしなくても伝わっている時……」

「……チャーリー殿下」

「まさか兄上とステファニー嬢のようにラブラブになりたいだなんて意外だったな。嬉しいんだけどね」

「……！」

ステファニーは照れつつもクロヴィスと目を合わせた。

どうやら城の人たちには常に互いを思いやり、愛し合っているとそう映っていたらしい。

チャーリーは「気づいてなかったの？」と、困ったように笑みを浮かべる。

「兄上だって城にいるのに他の令嬢たちや女性たちに言い寄られなくなったでしょう？」

「……たしかにそうだな」

「ステファニー嬢に夢中でそのことしか考えてないから、他の女性たちが付け入る隙がないって判断しているんだよ」

「ああ、最近はステファニーのことしか考えていなかった」

二人の会話を聞いていたステファニーは改めてクロヴィスからの愛を知る。

こうして改めて他の人から話を聞くと嬉しいような恥ずかしいような複雑な気分だ。

「僕も兄上のようにしっかりオリヴィアに気持ちを話していたら、こんなことにならなかったのかもしれない」

チャーリーとオリヴィアの婚約は数カ月前に決まったばかりだった。

チャーリーはオリヴィアとは幼馴染みで、彼女に気持ちを寄せていたが、なかなか踏みきれないでいた。

その理由というのが、オリヴィアが望んでいるのはクロヴィスとの婚約だと、チャーリーが思い込んでいたから。

だからこそチャーリーは自分の気持ちを押し込めてきたのだそうだ。

「それはありえないと言っただろう？」

「うん、オリヴィアが僕を選んでくれて嬉しかった。だけどいきなりオリヴィアと婚約者のように接するのは無理だよ」

「……チャーリー殿下」

「ずっとオリヴィアのことが好きだったんだから」

チャーリーは頬を赤らめながらそう語った。

突然、ずっと好きだったオリヴィアと婚約者になり戸惑う気持ちはわからなくない。

『要するにチャーリーは奥手なんだよ。さっさと気持ちを伝えればいいんだ』

チャーリーの守護妖精、ゴルドはめんどくさそうに椅子に座ってあくびをしている。

ステファニーは間近でゴルドを見て感動していた。

セドルともリディとも違い、落ち着いていて貫禄がある姿。

風属性と土属性の複合型のゴルドはステファニーに風を送って驚かせるとケラケラと笑っている。

チャーリーが「ゴルド！」と、名前を呼ぶと口笛を吹きながらごまかしている。

リディが怒ってゴルドに指から水鉄砲を放つが器用にかわしている。

ハラハラする気持ちで二人のやり取りを見守っているとステファニーの顔にピシャリと水がかかる。

『ステファニー、大丈夫⁉』

「大丈夫よ、リディ」

セドルやリディと同様に小さな姿になったゴルドは楽しそうだ。

リディが泣きそうになっていると、ゴルドはそよそよと柔らかい風を吹かせてステファニーにかかった水を乾かしてくれた。

どうやらゴルドは紳士的でおとなしいチャーリーとは真逆でいたずら好きのようだ。

セドルが二人を宥めているのを見つめながら、ステファニーは考えていた。

「チャーリー殿下、街でデートするのはどうでしょうか？」

「デート？」

「街なら誰の邪魔も入らずに二人きりです！　オリヴィア様も逃げないと思います」

「そうか……街でデート、いいかもしれないね」

チャーリーは考えながら頷いている。

ステファニーが見る限り、二人は互いを想い合っている。

とにかく二人で話し合って気持ちを確認することが大切だと思った。

チャーリーがデートに誘う手紙を送ると、オリヴィアはチャーリーからの誘いが嬉しかったのかすぐに逃げるのをやめた。

それから二人は街でデートをして気持ちを確かめ合ったらしい。

後日、オリヴィアから感謝の手紙が送られてきた。

逃げたことでチャーリーが追いかけてきてくれて、彼の思いを知り、お互いに気持ちを確かめ合うことができて感謝していると綴られていた。

どうやらオリヴィアはステファニーのアドバイス通りにしたらうまくいったと思っているようだが、実際はチャーリーがオリヴィアに気持ちを伝えてがんばってくれたのだ。

誤解が解けたことと二人がうまくいったことを知ったステファニーは、ホッと一安心したのだった。

そしてチャーリーにも「きっかけをくれてありがとう」と、感謝されることになる。

ステファニーはオリヴィアやクロヴィスに協力してもらい、貴族の令嬢としてさらにステップアップするために時間を使っていた。

オリヴィアとリディと共に徐々に大きなお茶会に出席したり、クロヴィスにはダンスを教わっていた。

たどたどしいステップを踏むステファニーをリードしてくれるクロヴィス。

最近ではクロヴィスのおかげでダンスをすることが楽しいと思うようになってきた。

ステファニーを見ていたリディもセドルと共に楽しそうにダンスを踊っている。

クルクルと回るリディはとてもかわいらしい。

国王たちと話し合って、クロヴィスとステファニーの婚約と同時に国中の貴族を集めたお披露目パーティーを開くことになっていた。

その日のためにひたすら己を磨いていたステファニーだったが、なんだか体がムズムズしてくる。

貴族の令嬢としては失格なのだろうが、たまに頭を空っぽにして無性に掃除をしたくなる時がある。

ステファニーは無意識に布で窓を磨きながら考えていたが、焦った侍女たちに止められてしまった。

最近は授業にも身が入らなくなり、もうすぐお披露目パーティーだというのに焦りを感じていた。

落ち込んでいたステファニーだったが、その話はクロヴィスの元にも届いたらしく、ステファニーがボーっと外を見ていると声をかけられて肩を揺らした。

「ステファニー、気晴らしに外に行かないか？」

「ですがお披露目パーティーまでに、まだまだやらなければいけないことが……」

ステファニーが断ってもクロヴィスは、リディとセドルと共に街に出かけないかと誘ってくれた。

ステファニーが承諾すると、忙しいなかステファニーのために時間をつくってくれた。

クロヴィスと共に変装して街へ下りる。

街は相変わらずとても賑やかで活気づいていた。

(そういえば初めて賃金をもらった日に、こうして街に連れていってくださったんだわ)

クロヴィスと共に以前も巡った雑貨店や露店を巡っていく。

なんだか懐かしくて自然と笑みがあふれていく。

朝から街を巡り、お腹いっぱいになるまで食事をしたり買い物をしていた。

そして最後にはクロヴィスと過ごしていた屋敷へとたどり着いた。

ステファニーが驚いていると、屋敷の扉が開きトーマスやミーシャがステファニーたちを温かく迎えてくれた。

そこには街では姿を見せなかったセドルやリディの姿があった。

リディはステファニーに抱きついて嬉しそうにしている。

『ステファニー、元気になったのね。よかった』

「リディ……」

クロヴィスはステファニーをエスコートするために手を伸ばしたかと思いきや、頭を撫でた。

「ステファニー、今日はここでゆっくりしよう」

「え……?」

「ここなら他の人の目を気にしなくていい。ステファニーの好きに動いていいんだ」

「で、ですが本当にいいのですか?」

「ああ、皆にも話してある。今日は一日、息抜きをしよう」

ステファニーはクロヴィスの言葉に驚いていた。

そしてクロヴィスの気持ちがとても嬉しいと感じた。

クロヴィスは最近、元気のないステファニーを気遣ってくれているのだと思った。

(ありがとうございます、クロヴィス殿下……!)

ステファニーはすぐに自分の部屋に向かい、リディに手伝ってもらいドレスを脱ぐといつも着ていた侍女服に着替えた。

それから屋敷をピカピカに掃除していく。

どのくらい時間が経っただろうか、外は暗くなっていく頃にステファニーはスッキリした気持ちで掃除を終える。

それから久しぶりにトーマスやミーシャ、皆でテーブルを囲んで食事をして懐かしい気持ちに浸っていた。

ステファニーは人目を気にすることなくのびのびと過ごすことができた。

ステファニーの気持ちが軽くなったからか、リディも嬉しそうにしている。

最近、元気のないステファニーを見てとても心配してくれていたそうだ。

侍女服を脱いで着てきたドレスに着替えたステファニーは清々しい気持ちだ。

自室から出るとクロヴィスが壁に背を預けて立っていた。

「ステファニー、大丈夫か？」

「クロヴィス殿下のおかげでリフレッシュできました。今日はとても楽しかったです！」

「ならよかった。また息抜きをしにここに来よう。ステファニー」

「いいのですか？」

「ああ、もちろんだ。俺も息抜きになる」

クロヴィスはステファニーの髪を撫でた。

「ステファニー、つらくなったら俺を頼ってくれ」

「え……？」

「ステファニーに負担をかけて申し訳ないと思っている。だが、これからは王太子として様々なことをしていかなければならない」

「クロヴィス殿下……」

クロヴィスはステファニーに元気がないことに責任を感じているのだと思った。

「ステファニーが笑顔でいてくれなければ意味がないんだ」

「……！」

「この地位を捨ててもいいほどにステファニーが大切だと思っている」

真剣なクロヴィスの表情を見ながらも、ステファニーは大きく首を横に振る。

クロヴィスがどれだけこの国を大切だと思っているのかを一緒に過ごして知っている。

「わたしはクロヴィス殿下が皆さんのためにがんばっている姿を見てきました。だから、そんなことを言わないでください」

ステファニーがそう言ってにっこり笑うと、クロヴィスが困惑したように眉を寄せた。

手を伸ばしてクロヴィスの頬に手をすべらせた。

「わたしはクロヴィス殿下についていきます。何があってもずっとあなたのそばに……」

「……ありがとう、ステファニー」

クロヴィスと共に抱き合って気持ちを確かめ合った。

端正な顔が近づいてくると思いきや、そっと唇が重なっていく。

クロヴィスと触れている部分が熱く感じた。

「まったく、君は本当にかわいいな」

「〜〜っ！」

ステファニーはクロヴィスの背をトントンと叩く。

このままだと恥ずかしさと息苦しさで気絶してしまいそうだからだ。

クロヴィスの体が離れたのと同時に空気を吸い込む。

クラリと目眩がするほどに体温が上がったような気がした。

屋敷の人たちにお礼を言ったステファニーは、セドルとリディとクロヴィスと一緒に馬車に乗る。

ステファニーは馬車の中でもキスのことを思い出しては赤面していた。そのたびにリディの陰に隠れ、ブンブンと首を動かして恥ずかしさをごまかしていた。

セドルがニヤニヤしながらクロヴィスを見ると、クロヴィスは咳払いをしながらもごまかしていた。

城に戻ったステファニーは夢心地でボーっとしていた。

何度も唇を押さえてはクロヴィスのことを思い出してしまう。

リディはステファニーの膝の上に乗っていたが、ふとステファニーの頬を両手で押さえた。

ひんやりとした手のひらが気持ちよくてステファニーは目を閉じる。

「リディ……ありがとう」

『どういたしまして』

ステファニーはリディを抱きしめながら眠りについた。

──そして一週間後。

ステファニーはクロヴィスが選んでくれたライトブルーのドレスを着て深呼吸していた。

細やかな宝石がレース生地にちりばめられていて、ドレスをとても上品に見せてくれる。

今日は二人のお披露目パーティーだ。

この日まで侍女の二人がステファニーの魅力を引き立たせるためにと、ピカピカに磨き上げてくれた。

腰まである銀色の髪も艶々に輝いていた。

母親の形見である蝶の髪飾りをつけている。鏡に映るのは別人のような自分。リディもステファニーとお揃いのデザインのディープブルーのドレスを着て、鏡の前でご満悦だ。

トントンと扉を叩く音が聞こえてクロヴィスが迎えに来てくれたことを知る。

「ステファニー、準備は終わっただろうか？」

「はい、今終わりました」

ステファニーは立ち上がり、扉の前へ。

セドルとクロヴィスが部屋の中に入る。

セドルがクロヴィスの真似《まね》をしてリディをエスコートしていた。

微笑ましい光景を見ながらステファニーはクロヴィスに視線を送る。

いつもとは違い、前髪を上げているクロヴィスはステファニーを見て大きく目を見開いている。

袖丈が長く豪華なジャケットは彼の魅力を引き立たせていた。

白地に金色の装飾が神々しくていつもよりさらに眩しく感じてしまう。

ステファニーは思わず視線を逸らすが、クロヴィスが手を伸ばしてステファニーの手を掴んだ。

顔を上げると手の甲にクロヴィスの唇が触れる。

「ステファニーが美しすぎて言葉が出なかった」

「……っ！」

「皆が君に夢中になってしまうな。だが、俺だけを見ていてほしい」

「も、もちろんです！」

クロヴィスの言葉に照れながら焦っているステファニーとは違い、彼は「こんな綺麗なステファニーを誰にも見せたくない」と心配そうにしている。

背後から「そろそろお時間です」と声がかかる。

長い長い廊下を歩きながら進んでいく。

今日、ステファニーとクロヴィスとの婚約が発表される。

今まで社交界にほとんど出たことがなかったステファニーは、喜びで胸がいっぱいになる。

クロヴィスの婚約者として公の場に出るということで、みんな興味津々だそうだ。

今日のためにステファニーは努力を重ねてきた。隣に立つ自信はつけたつもりだけど、やっぱり緊張する。

直視できないが隣にはクロヴィス、セドルやリディもいてくれる。

ステファニーはクロヴィスと共に豪華で大きな扉の前に立つ。

ステファニーが飛び出そうになる心臓を押さえていると、ふとクロヴィスの端正な顔立ちが目の前にあった。

キスされたのだと気づいたステファニーの頭は真っ白になってしまう。

「ステファニー、緊張が解《ほぐ》れたか？」

「〜〜っ！」

顔を真っ赤にしたステファニーを見て、いたずらに笑うクロヴィス。

セドルもリディもステファニーの頬にキスをする。

「セドル!? リディまで……！」

『大好きよ、ステファニー』

『ボクも大好きだ』

二人の言葉にステファニーは気持ちがグッと込み上げてくる。

「愛している、ステファニー」

「ふふっ、クロヴィス殿下まで……もう！」

「二人に負けていられないからな」

ステファニーは仕返しとばかりに、セドルとリディの頬にキスをする。

それからチュッと音を立ててクロヴィスの唇にキスをする。

「わたしもクロヴィス殿下のことが大好きです」

クロヴィスは嬉しそうに笑った。

二人が部屋に入り、前に進んでいくと大きなガラスの扉が開けられた。二人はまばゆい光に包まれると共に、拍手の音が聞こえた。

ステファニーはクロヴィスの腕に手を回す。

そして二人は見つめ合って頷くと共に前を向き、歓声に沸くバルコニーにゆっくりと歩き出した。

end

あとがき

この度は『虐げられた芋虫令嬢は女嫌い王太子の溺愛に気づかない』を最後まで読んでいただき、ありがとうございました。

芋虫をあまり好きではない方もたくさんいると思いましたが、あえてタイトルに芋虫令嬢と入れさせていただきました。なるべく可愛らしい芋虫になるようにと書きましたが、もしも苦手な方がいらっしゃったら申し訳ございません……！

しかし芋虫は成長すると蛹になり美しい蝶になります。

ずっと虐げられていた伯爵令嬢ステファニーがクロヴィスとの出会いをきっかけに、愛されて美しくなっていく。

ステファニーの守護妖精のリディも芋虫から蛹になり、強い力を持った守護妖精となりました。

二人ともどん底から這い上がり、羽ばたいていく姿をイメージして物語を作らせていただきました。

クロヴィスの守護妖精セドルも面倒見のいいお兄さんとして、これからリディに色々と教えてくれそうですね。

女嫌いだったクロヴィスもステファニーのちょっと世間とはズレていて素直で可愛らしい部分に惹かれていったのだと思います。

最初はステファニーにブンブンと振り回されていたクロヴィスが、ステファニーを溺愛していくのは書いていて楽しかったです。

クロヴィスとセドルが魔法でステファニーをピンチから救い出すシーンはお気に入りです。

またステファニーとリディの絆も見どころになっております。

最悪な環境に身を置いていたステファニーですが、勇気を持って伯爵邸を飛び出したことで、新しい出会いがあり幸せを手にしました。

皆様もステファニーとリディと一緒に新しい一歩を踏み出してみませんか？

最後にここまでお付き合いしてくださった皆様、この本を手に取ってくださった皆様に感謝を申し上げます。ありがとうございました！

やきいもほくほく

やきいもほくほく先生への
ファンレターのあて先

〒104-0031
東京都中央区京橋 1-3-1
八重洲口大栄ビル７F
スターツ出版株式会社　書籍編集部　気付

やきいもほくほく先生

本書へのご意見をお聞かせください

お買い上げいただき、ありがとうございます。
今後の編集の参考にさせていただきますので、
アンケートにお答えいただければ幸いです。

下記 URL または二次元コードから
アンケートページへお入りください。
https://www.ozmall.co.jp/enquete/IndexTalkappi.aspx?id=2301

ベリーズ文庫

虐げられた芋虫令嬢は女嫌い王太子の溺愛に気づかない

2024年6月10日　初版第1刷発行

著　者　やきいもほくほく
©Yakiimohokuhoku 2024

発行人　菊地修一

デザイン　カバー　アフターグロウ
フォーマット　hive & co.,ltd.

校　正　株式会社文字工房燦光

発行所　スターツ出版株式会社
〒104-0031
東京都中央区京橋1-3-1　八重洲口大栄ビル7F
TEL　03-6202-0386（出版マーケティンググループ）
TEL　050-5538-5679（書店様向けご注文専用ダイヤル）
URL　https://starts-pub.jp/

印刷所　大日本印刷株式会社

Printed in Japan

乱丁・落丁などの不良品はお取替えいたします。
上記出版マーケティンググループまでお問い合わせください。
定価はカバーに記載されています。

ISBN 978-4-8137-1597-9　C0193

ベリーズ文庫 2024年6月発売

『御曹司と再会したら、愛され双子ママになりまして～身を引いたのに一途に迫られています～【極甘婚シリーズ】』皐月《さつき》なおみ・著

双子のシングルマザー・有紗は仕事と育児に奔走中。あるとき職場が大企業に買収される。しかしその副社長・龍之介は2年前に別れを告げた双子の父親で…。「君への想いは消えなかった」——ある理由から身を引いたはずが再会した途端、龍之介の溺愛は止まらない！　溢れんばかりの一途愛に双子ごと包まれ…！

ISBN 978-4-8137-1591-7／定価781円（本体710円＋税10%）

『鉄仮面CEOの溺愛は待ったなし！～"妻業"始めたはずが、旦那様が甘やかし過剰です～』にしのムラサキ・著

世界的企業で社長秘書を務める心春は、社長である玲司を心から尊敬している。そんなある日なぜか彼から突然求婚される！　形だけの夫婦でプライベートも任せてもらえたのだ！と思っていたけれど、ひたすら甘やかされる新婚生活が始まって!?　「愛おしくて苦しくなる」冷徹社長の溺愛にタジタジです…！

ISBN 978-4-8137-1592-4／定価792円（本体720円＋税10%）

『望まれない花嫁に愛満ちる初恋婚～財閥御曹司は想い続けた令嬢をもう離さない～』吉澤《よしざわ》紗《さ》矢《や》・著

幼い頃に母親を亡くした美紅。母の実家に引き取られたが歓迎されず、肩身の狭い思いをして暮らしてきた。借りた学費を返すため使用人として働かされていたある日、旧財閥一族である京極家の後継者・史輝の花嫁に指名され…!?　実は史輝は美紅の初恋の相手。周囲の反対に遭いながらも良き妻であろうと奮闘する美紅を、史輝は深い愛で包み守ってくれて…。

ISBN 978-4-8137-1593-1／定価781円（本体710円＋税10%）

『100日婚約なのに、俺様パイロットに容赦なく激愛されています』藍里《あいさと》まめ・著

航空整備士の和葉は仕事帰り、容姿端麗でミステリアスな男性・慧に出会う。後日、彼が自社の新パイロットと発覚！エリートで俺様な彼に和葉は心乱されていく。そんな中、とある事情から彼の期間限定の婚約者になることに!?　次第に熱を帯びていく彼の瞳に捕らえられ、和葉は胸の高鳴りを抑えられず…！

ISBN 978-4-8137-1594-8／定価803円（本体730円＋税10%）

『愛を秘めた外交官とのお見合い婚は甘くて熱くて焦れったい』Yabe・著

小料理屋で働く小春は常連客の息子で外交官の千隼に恋をしていた。ひょんなことから彼との縁談が持ち上がり二人は結婚。しかし彼は「妻」の存在を必要としていただけと聞く…。複雑な気持ちのままベルギーでの新婚生活が始まると、なぜか千隼がどんどん甘くなって!?　その溺愛に小春はもう息もつけず…！

ISBN 978-4-8137-1595-5／定価770円（本体700円＋税10%）

ベリーズ文庫 2024年6月発売

『気高き不動産王は傷心シンデレラへの溺愛を絶やさない』晴《はる》日《ひ》青《あお》・著

OLの律はリストラされ途方に暮れていた。そんな時、以前一度だけ会話したリゾート施設の社長・悠生が現れ「結婚してほしい」と突然プロポーズをされる！しかし彼が求婚をしてきたのにはワケが合って…。愛なき関係だとバレないために甘やかされる日々。蕩けるほど熱い眼差しに律の心は高鳴るばかりで…。

ISBN 978-4-8137-1596-2／定価770円（本体700円＋税10%）

『虐げられた芋虫令嬢は女嫌い王太子の溺愛に気づかない』やきいもほくほく・著

守護妖精が最弱のステファニーは、「芋虫令嬢」と呼ばれ家族から虐げられてきた。そのうえ婚約破棄され、屋敷を出て途方に暮れていたら、女嫌いなクロヴィスに助けられる。彼を好きにならないという条件で侍女として働き始めたのに、いつの間にかクロヴィスは溺愛モード⁉　私が愛されるなんてありえません！

ISBN 978-4-8137-1597-9／定価792円（本体720円＋税10%）

ベリーズ文庫 2024年7月発売予定

Now Printing

『欲しいのは、君だけ　エリート外交官はいつわりの妻を離さない』佐倉伊織《さくらいおり》・著

都心から離れたオーベルジュで働く一華。そこで客として出会った外交官・神木から3ヶ月限定の"妻役"を依頼される。ある政治家令嬢との交際を断るためだと言う神木。彼に惹かれていた一華は失恋に落ち込みつつも引き受ける。夫婦を装い一緒に暮らし始めると、甘く守られる日々に想いは膨らむばかり。一方、神木も密かに独占欲を募らせ溺愛が加速して…!?

ISBN 978-4-8137-1604-4／予価748円（本体680円＋税10%）

Now Printing

『タイトル未定(パイロット×お見合い婚)』田崎《たさき》くるみ・著

呉服屋の令嬢・桜花はある日若き敏腕パイロット・大翔とのお見合いに連れて来られる。断る気満々の桜花だったが初対面のはずの大翔に「とことん愛するから、覚悟して」と予想外の溺愛宣言をされて!?　口説きMAXで迫る大翔に桜花は翻弄されっぱなしで…。一途な猛攻愛が止まらない【極甘婚シリーズ】第三弾♡

ISBN 978-4-8137-1605-1／予価748円（本体680円＋税10%）

Now Printing

『タイトル未定(ホテル王×バツイチヒロイン×偽装恋人)』高田《たかだ》ちさき・著

夫の浮気によってバツイチとなったOLの伊都。恋愛はこりごりと思っていたある日、ホテル支配人である恭也と出会う。元夫のしつこい誘いに困っていることを知られると、彼から急に交際を申し込まれて!?　実は恭也の正体は御曹司。彼の偽装恋人となったはずが「俺は君を離さない」と溺愛を貫かれ…！

ISBN 978-4-8137-1606-8／予価748円（本体680円＋税10%）

Now Printing

『タイトル未定(心臓外科医×契約夫婦)』緒莉《おり》・著

小児看護師の佳菜は病気の祖父に手術をするよう説得するため、ひょんなことから天才心臓外科医・和樹と偽装夫婦となることに。愛なき関係のはずだったが──「まるごと全部、君が欲しい」と和樹の独占欲が限界突破！　とある過去から冷え切った佳菜の心も彼の溢れるほどの愛にいつしか甘く溶かされていき…。

ISBN 978-4-8137-1607-5／予価748円（本体680円＋税10%）

Now Printing

『契約結婚か　またの名を脅迫』山野辺《やまのべ》りり・著

OLの希実が会社の倉庫に行くと、御曹司で本部長の修吾が女性社員に迫られる修羅場を目撃！　気付いた修吾から、女性避けのためにと3年間の契約結婚を打診されて!?　戸惑うも、母が推し進める望まない見合いを断るため希実はこれを承諾。それは割り切った関係だったのに、修吾の瞳にはなぜか炎が揺らめき…！

ISBN 978-4-8137-1608-2／予価748円（本体680円＋税10%）

タイトル、価格等は変更になることがございますのでご了承ください。

ベリーズ文庫 2024年7月発売予定

Now Printing

『タイトル未定(御曹司×契約結婚×離婚)』木下《きのした》杏《あんず》・著

ＯＬの果菜は恋愛に消極的。見かねた母からお見合いを強行されそうになり困っていた頃、取引先の御曹司・遼から離婚ありきの契約結婚を持ち掛けられ…!?　いざ夫婦となるとお互いの魅力に気づき始めるふたり。約束1年の期限が近づく頃――「君のすべてが欲しい」とクールな遼の溺愛が溢れ出して…!?

ISBN 978-4-8137-1609-9／予価748円（本体680円＋税10%）

Now Printing

『エリート外科医と再会したら、溺愛が始まりました。私、あなたにフラれましたよね？』夢野《ゆめの》美紗《みさ》・著

高校生だった真希は家族で営む定食屋の常連客で医学生の聖一に告白するも、振られてしまう。それから十年後、道で倒れて運ばれた先の病院で医師になった聖一と再会！　そしてとある事情から彼の偽装恋人になることに!?　真希はくすぶる想いに必死で蓋をするも、聖一はまっすぐな瞳で真希を見つめてきて…。

ISBN 978-4-8137-1610-5／予価748円（本体680円＋税10%）

タイトル、価格等は変更になることがございますのでご了承ください。